書中滋味

彭歌著

三民書局印行

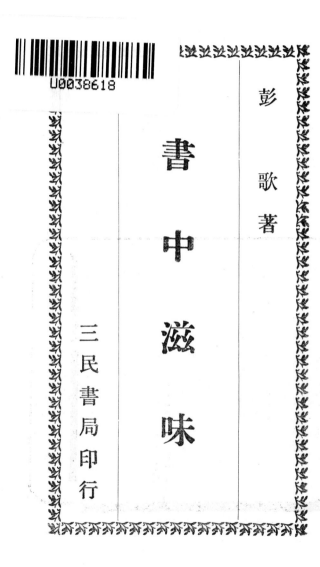

©書中滋味

著　　　　[illegible]
發行人　[illegible]
[illegible]司
[illegible]公司
[illegible]北路三八六號五樓
[illegible]重慶南路一段六十一號
郵[illegible]〇九九九九八—五號
初版　[illegible]國五十九年二月
五版　[illegible]八十二年十月
編號　S 85043
基本定價　壹元叁角叁分
行政院新聞局登記證局版臺業字第〇二〇〇號

ISBN 957-14-1303-8（平裝）

三民文庫編刊序言

書是知識的滙集，知識是人人必備的，因而書是人人必讀的；我們出版界的責任，就是要提供好書，供應廣大的需要。不但在內容上要提高書的水準，同時在價格上也要適合一般的購買力，至於外觀求其精美，當然更是印刷進步的今日應該做得到的。

知識是多方面的，社會科學、自然科學的知識，文學、藝術、哲學，歷史的知識，莫不為人所必需，推而至於山川人物的記載，個人經歷的回憶，也都包括在知識的範圍以內；這樣廣博知識的滙集，就是我們所要出版的三民文庫陸續提供的讀物。

在歐美日本等國，這種文庫形式的出版物，有悠久的歷史及豐富的收穫，人人愛讀，家家傳誦，極為我們所欣羨。近年來我國的出版界，在這方面亦已有良好的開始；我們願意站在共求文化進步的立場並肩努力，貢獻我們微薄的力量，參加裁種的行列。我們希望得到作家的支持，讀者的愛護，同業的協作。

中華民國五十五年雙十節

三民書局編輯委員會謹識

前記

幼年就學，常聽到老師說，人不可不讀書。但是，切不可死讀書、讀死書、乃至讀書死。書中的滋味，是要自己去玩味，去體會的。總要培養興趣，以愛書好書的心情去讀書，才會發現讀書的味道。

成年以後，我選擇新聞記者這一行作爲終身職業。在新聞工作中，我發現了——幾乎時時刻刻都可以發現——自己知識方面的不足。天下之大，無奇不有；於是乃更相信「人不可不讀書」的話。讀書如飲水，也是冷暖自知的。我不敢說從讀書中吸收了多少新知，獲得了多少益處，但至少從閱讀中得到一種滿足，一種愉快，幾乎是沒有別的方法可以替代的。

民國五十七年三月三十日開始，我受聯合報發行人王惕吾先生和幾位朋友之命，在副刊上寫一個小小的專欄，每週三次，定名爲「三三草」。其中涉及讀書、出版、小說與非小說的評介者不少。適因友人鍾梅音女士鼓勵我出一小集，因輯錄性質相近者八十餘篇，取名爲「書中滋味」。編排之後，與原來發表時的次序略有不同，所以每篇末尾都註有原來發表的日期。

在「三三草」陸續發表期間，時常有讀者來信給我指教和鼓勵，我在此願表示誠摯的謝忱。同時，對於聯合報和出版此書的三民書局諸位先生，也要一併表示感謝。

彭歌　中華民國五十八年三月九日

目錄

溫柔敦厚

有朋友對我說，時下文章，以嬉笑怒罵者最易流行；越是尖酸刻薄，渾身帶刺，越是容易贏得彩聲。據他的解釋，蓋以人心沉鬱，愛求刺激云云。我笑這朋友無乃過分悲觀。我們雖非生當太平盛世，但早已不是如魯迅老兒所謂必需以雜文爲匕首的時代了。嬉笑怒罵偶或亦能有一針見血之妙，但那畢竟只能歸於變格或偏鋒，與中國人論詩說文「溫柔敦厚」的最高境界背道而馳。

溫柔敦厚不是流質的俯仰由人，切忌陷於圓熟嫵媚，無所是非。照我淺陋的體會，溫柔敦厚乃是本著一顆與人爲善的心，自愛而愛人。由這一點出發，時時都會覺得天地有情，萬物可親，風和日麗，無往而不怡然自得。而人與人之間應該是相乘相加，提攜並進的。這種親和的力量，才是進步的最大動力。

在爲人處世的態度來說，溫柔敦厚是入世的；在寫作的態度來說，則是人道主義的。託爾斯泰所說的「卽令在强盜身上，也可以看得出與你的兄弟相同之處」，正是與人爲善的一個註脚。溫柔敦厚發揮到出世的境界，便如基督或釋迦，慈悲爲懷，超度衆生，在我輩凡夫俗子，有心而無力，只能說心嚮往之罷。

我在此執筆的短文，談文學、談科學、談往事、談新聞，談一切自認爲有興味的話題，溫柔敦厚是所追求的一種風格；如果說這些互不相屬的短文中間，有甚麼聯繫的話，貫串起來的那一根線應該具有溫柔敦厚的質料。

文友何凡兄赴美訪問，「玻璃墊上」暫時輟筆，我受託權充「玻璃槍手」。自顧淺陋不文，見聞有限，讀書不多，然或正因如此，容易有淺見者流的驚奇感，題目或者是不愁的。我的材料雜取中外書誌報章，其間或略抒己見，聊作背景之說明。總而言之，凡此都是新聞記者的卽興筆墨，不敢妄自攀附學術的宮牆。此中「情節」，對於平日特別忙碌無暇化時間在書本上的讀者，也許可以提供一些茶餘飯後的談資。至於透過這方寸之地，報導一些讀書界的新聞，藉以鼓動一點愛好讀書的風氣，雖然是我私心的期待，却不敢開列在預算表上。究竟能做到幾分，要俟諸來日了。是爲開場之白。

五十七年三月三十日

「三三草」說

應約寫這個小方塊，從五十七年三月卅一日至今一轉眼三個多月了。朋友說，「既然定期寫，似乎應該有一個固定的名稱。」尤其因爲何凡兄的「玻璃墊上」已經寫了多年，不該讓他陪著我開黑店。中國文人的亭臺樓閣，往往是由圖章上蓋起，此處我連圖章上的風光也不要，定名爲與亭臺樓閣無關的「三三草」。

在數目字裡面，我覺得「三」最有趣味。一生二，二生三，三生萬物；有了三才有萬物。在人事而言，「三人爲衆」，有了三才成衆人。從前童稚就學都從「三字經」發蒙，三個字一句，講天時、物理、哲學、歷史，無所不備，「三才者，天地人。三光者，日月星。三綱者，君臣義，父子親，夫婦順……」隱隱中皆以「三」爲基數。所以，我老是有個偏見，「事不過三」，到了三便該是恰到好處了。

爲了好奇，我又查閱諸橋轍次先生著「大漢和辭典」，看看以「三」爲首的辭究竟有多少條。我原猜想至多不過六七百罷，豈知一查之下，發現竟足足排了八十八頁，由第一條「三丫」開始，到最後一條「三滿陀跋捺羅」（這是梵語普賢菩薩的音譯）爲止，共得二千零十三條。當然，這兩千多條裡面，「三級跳遠」，「三絲海參」似乎都不算甚麼「學問」了，但如「三父八母服圖」，「三墳五典八索九丘」等等，的確還眞是一下子說不清楚來歷的。想要在「三」字下面找一個別的字眼兒湊湊數，竟然如是麻煩，於是便索性用了「三三」。

至於這個「草」字，雖非「蕭何草律」那般嚴重，倒亦不是「草草不恭」之意。這個字眼借用日本文士的用法，像「徒然草」，有一點隨心而譯，無所拘泥的意味。

我內心中的兩個三字，一個從「論語」學而章借來，「曾子曰，吾日三省吾身，爲人謀而不忠乎？與朋友交而不信乎？傳不習乎？」這一番恭謹鄭重之心情，我取以自勉。報端小文，雖然沒有藏諸名山，傳之後世的價値，但旣與廣大讀者不時相見，這份必忠必信，時時而習之的心情，總是應該有的。

第二個「三」，出於「論語」季氏章，「益者三友……友直，友諒，友多聞，益矣。」集注解釋說，「友直則聞其過，友諒則進於誠，友多聞則進於明。」這三者乃是我對各位讀者的期待，希望各位以直與諒的態度，不僅使我聞過，而亦助我進於誠、進於明的境地，則我日夕思念，耕耘此一方寸之地，亦必自有所獲益了。

五十七年七月十九日

東風

國父手著「三民主義」於民國十三年三月卅日初版發行。這部巨著所發揚的精神力量，推翻了幾千年的帝制，建立了東亞第一個也是最大的共和國家，改變了歷史的方向與幾億萬人的命運。這是說明書籍具有多麼偉大的「動力」最好的例證。我國出版界定三月三十日爲出版節，實在很有意義。

不過，出版業與讀者大衆是相互對待的；如果社會上缺乏濃厚的讀書風氣，則任憑出版界如何辛勤努力，出版品如何質量俱佳，亦猶之乎沙灘上種玫瑰，到頭來枉拋心力，空忙一場。所以，如何造成普遍的讀書風氣，是當前出版界乃至整個文化界重要的工作。

臺灣發展出版事業，目前擁有極有利的條件：我們教育極普及，一千三百萬人口之中，每四個人裡便有一個在校的學生；對書籍的需要量極大。其次，我們經濟頗發達，國民所得之高在亞洲僅次於日本。可以說有人也有財，目前所差者只是讀書風氣的那一陣「東風」。

美國蘭燈書店的董事長謝夫，本人不僅是大出版家、名演說家和專欄作家，同時也是一位最熱心的讀者。他曾說，「世界上最不幸的人，便是那些從來不曉得由閱讀好書而可得到心靈滿足的人。」

讀書之樂，古人留下名言甚多。從「開卷有益」到「惟讀書有百利而無一害」，我不必多抄，在我看，讀書最大的快樂在於能使人心神自由；開了卷之後，倒並不一定能夠得到甚麼益處，有時讀者的想像力隨着作者走，有時還會跑到他的前頭。

謝夫又說，讀書好似吃花生，一旦開始就難以住手。每本書都是個獨立的單元，有點兒像一家人住的一幢房子；可是，許多書在一起，便像在一座城市裡，高樓大厦與平民住宅櫛次鱗比。書與書互相依存，互生影響，聯繫着過去、現在與將來，彷彿是一個家族。一個人只要開始讀某一本書，就與那個「思想的家族」發生了關聯。久而久之，他不僅會從那些書中發現了世界，也會從書中發現了他自己。古人說，三日不讀書，則語言無味，面目可憎，絕非誇大的說法。讀書的習慣是很容易培養成功的，往最淺處說，也比抽香烟有益，比看電影省錢。

五十七年四月八日

書中滋味

英國詩人吉爾伯（W.S. Gilbert）曾對人類說過一句大不敬的話，他說，「人，無論如何行止端莊，頂多也不過是一隻剃光了毛的猴子。」我們不管達爾文學說是如何講的，猴子至少有一點與人不同：猴子不會寫書。

我們不要小看了書。仔細想想看，人之所以成爲人而猴子始終仍是猴子，會不會寫書和讀書，乃是最要緊的關鍵之一。

人爲萬物之靈長，但這並不是說每一個人一定都比每一隻猴子聰明；人能勝於萬物者，是由於人類保有源遠流長的文化，能累積過去的知識、學問與經驗，而且更能運用已知去開拓未知的領域，打破天人之間的種種奧妙與謎團，人能與同時代的人互通款曲，主要是靠語言；人能與不同時代的人心神交往，主要是靠文字。集字而成書，書籍便是人類思想、感情、知識、學問與經驗的保存者與傳播者；同時，書籍也是引發新知的點火者與推動者。

託爾斯泰曾說，「人是有思想的蘆葦，蘆葦是脆弱的，思想却是無比的堅强。」我們也可以套用他的話說，「書是有思想的紙張，紙張是脆弱的，書裡面的思想却是無比的堅强。」人把思想貫注在書裡，書又把那思想散播給更多的人。波光交網，五色繽紛，百家競起，衆美俱陳。文明燦爛的社會，一定也就是尊重書的社會。書本身值得尊重的地方不多，我們尊重書是由於它所包容的思想，它的內容。

中國有五千年的古文明，與上古的中國相比，恐怕世界上大多數的人那時候都還是在「剝光了毛的猴子」的階段。有人統計，一直到一七七五年，中國一國所出版的書籍，超過全世界出版統計之總和。這是中國人的光榮，但這份光榮屬於我們的祖先。「詩書繼世」的傳統，不幸如今已經不爲時世所重了。我覺得，我們一切的落伍，想來都導源於此。如果再不及時矯正，急起直追，前途恐怕是很可悲的。二十世紀以後，新的知識幾乎是以等比級數的速度在增加，今天落後一步，幾年之後可能就落後一千里一萬里，我們再不能怠惰偷閒了。

就一個讀書人的立場而言，提倡讀書風氣最要緊的無過乎身體力行；每個人如果硬性規定每天至少花多少時間在讀書上，每個月花多少錢在買書上，行之既久，自有進益，而這種進益不是由數字上可以表示得出來的。讀書的樂趣，書中的滋味，那眞是「佛說如人飲水，冷暖自知」的。

一個愛好讀書的人，永遠不會悲觀；一個尊重知識的民族，永遠不怕落伍。

五十七年七月五日

創作與運動

在文藝天地中，「創作」與「運動」互爲激盪，相輔相成，往往由此而形成新的高潮，引領文藝活動進入一個新的境界。從這一觀點而言，創作與運動是不應偏廢的。

不過，「運動」雖可以幫助「創作」，却絕對無法替代「創作」，這是大家應該銘記在心的。運動彷彿很熱鬧，很「波瀾壯濶」的樣子，但其轟轟烈烈往往是一時的。要講長期的、永久的影響，惟有「創作」。

「創作」是一條寂寞而危險的道路；有人說，文藝作品只可分爲兩大類：即成功的作品與失敗的作品；換句話說，文藝沒有「不好不壞剛及格」的中等階級。成功的機會極少而失敗的機會極多，這條路當然是很寂寞很危險的。

可是，「創作」一旦而有成，則無論是煌煌巨著，或是一首小詩，皆能一脈流傳，光照古今；「李杜詩篇萬古傳」，李太白、杜子美未必有心於此；古今中外文藝界的大師宗匠，幾乎都是奉獻其畢生的心血精力，追求完滿的創作，在作品中表現他自己的感情、思想、與人格。他們並不曾想到一定要在當時掀起某一種運動，或在身後造成某一種主義的。

文藝運動往往伴隨着文藝創作出現。我們評斷某一種文藝運動的成功失敗，不是看標語口號是否喊得熱鬧，也不是看看參加這一行列者究竟有幾千幾萬人。而是要看代表這一運動之精神的作品究竟有多少，究竟好到甚麼程度。天下後世，是「不問運動，只問創作」的，拿不出好作品來的文藝運動，猶之乎不結蘋果的蘋果樹，不藏寶石的荒山，向歷史交不了卷的。

中華民國第一次全國文藝會談，於中華民國五十七年五月廿七日在臺北市揭幕。文藝界朋友們對這次會談都頗表興奮，也寄予很熱烈的期望。在我個人而言，對於「文藝界大會師」或「筆隊伍大檢閱」那一類的說法，反而不覺其有何特別可貴。我覺得可貴的，乃是這第一次會談顯示出來的實事求是的態度：

第一、這次會談表明了重視創作的基本精神；運動是要爲創作服務的。

第二、從各種提案中看來，大家的確在動腦筋，想做一些事情來幫助文藝創作的發展。這次會談的提案中，如建立文藝活動中心，如創辦文藝書刊聯合發行所，如設立中國文藝資料中心等案，都是具體可行的建議。

希望這次會談的舉行，多解決問題，少提出口號。坐而言不如起而行，只要眞的已朝前邁進，稍遲一點何妨。

五十七年五月二十七日

且說書評

近來常常聽到朋友們說，我們對於書評太不重視了，應該大大加强才行。我對這種說法原則上十分同意，但一「結合」實際情況，就覺得所謂加强云云，不無斟酌之餘地。

蓋書評之能否見重於世，一方面要看書評本身是否的確有權威性；另一方面還要看社會上是否把讀書一事看得很「重」。說到書評要有權威性，眞是談何容易。評論者不僅要學養深厚，文理瞻雅，態度嚴肅，博識廣聞，讀要讀得多，寫要寫得快，還要不怕得罪人。此時此地，具備這些條件的人固然可以請得到很多位，但恐怕他們又不肯辛辛苦苦去寫書評了。

現在大家談到書評，似乎想到的都是以文藝創作爲主。在我看，文藝以外的書籍也同樣需要評論。目前，眞正好讀書、愛買書的讀者，有一大部份是在「非小說類」的。

外國的作法，書評可以分成很多不同的層次，有爲普通讀者的，有爲專家的。譬如「紐約時報書評週刊」，便是最有名的例證之一。它是每星期天隨報附送的，因此是以一般讀者爲對象。可是，書評的執筆人水準很高很高，有時可以請到諾貝爾獎金得主來評論在他本行學問以內的某一本新書，那當然是權威得一塌糊塗。不過，因爲是寫給一般人看的，所以評論的方式總是以深入淺出爲主。

至於給專家看的書評，則多分見各種學術性期刊。有時候一本期刊有一半的篇幅用在書評上。這種書評往往比較「制式化」，門外人讀起來隔行如隔山，不容易領略其妙處。

美國威爾森公司自一九〇五年編印一種「書評文摘」(Book Review Digest)，是根據七十種重要雜誌經常發表的書評，編成的索引與摘要。譬如講到漢明威的「老人與海」，就可以查到有關這本書的重要書評，發表在甚麼期刊上，不僅註明了卷別、期數、頁數以及作者是誰，也包括書評主要內容如何講的，是贊許還是貶責？如果讀者需要讀那篇書評的全文，他自然可以根據「文摘」所列的線索追查下去。如果他只想知道書評家對於「老人與海」的一般反應，光讀「文摘」也就够了。因爲有了這種整理之後的紀錄，書評家一褒一貶等於都進了歷史，決不會日久淡忘，他下筆時自然就格外要愼重，要公平，以免日後翻查起來，畸重畸輕，就難爲情了。

五十七年五月十日

書的介紹

嚴格地說，介紹與批評大不同。批評是一種價值判斷，介紹則只在說明某一書的存在，至於其好與壞，要留待讀者去決定。如果說批評者「儼然師保」，則介紹者便好似一個朋友。我們尊重老師，但往來親切的是朋友。師長的訓誨，我們心嚮往之，往往未必能至；朋友的話，雖不盡信，有時却不免要受他的影響。

其實，介紹新書本亦含有一種價值判斷之意；去取的標準，不是因爲它特別精彩，便是因爲它壞得離奇。不過，介紹的重點畢竟不在判斷；介紹者的口氣與態度都不應似批評者那樣「高高在上」。

介紹亦有其基本的規格，這些規格是與「書目學」相通的。介紹的次序應該是：第一、作者或編者；第二、書名；第三、出版的地點；第四、出版者名稱；和第五、出版的年份。除了以上五個「絕對條件」之外，如介紹新書，還應該說明這本書的頁數和定價；如是古書，則應講明其開本以及收藏的地點。

如果將一本書比做一個人，則以上的幾個條件，恰如一個人的「戶籍資料」；與這本書有關的基本資料都包括在這樣記載之中了。掌握了這幾個條件，便不致於使甲書與乙書相混淆。前舉五項之中，出版的地點、出版者的名稱與出版年份，合起來有一個專有名詞曰：The imprint 中文現在還沒有一個適當而概括的譯法。這個 imprint 便等於我們國民身分證上的住所。

當然，書的介紹不止於以上幾點，但以上幾點却是最起碼也最不可少的。因爲介紹者的任務，首先是在說明有這樣一本值得一看的書存在，其次說明甚麼地方可以找到這本書。近時偶而在報章上讀到一些新書評介的文字，評者發表了許多「高見」，但對於究竟誰是那本書的作者，誰是出版人等等基本資料，却又吞吞吐吐，略而不談。這不僅不合切磋論學的標準，也違背普通朋友交談的習慣。評介者的意見卽使十分高明，旁人也有無從領略之苦，費時枉神，彼此無益，所爲何來呢？

前面所說的幾個要件，現在已經成了世界圖書界所共守的標準；無論是自修時作讀書劄記也好，寫文章介紹新書也好，都應該遵守的。大家都照此標準行去，整個的讀書界都能受到益處。至於說「學術交流」、「文化接龍」，更非如此不可。

五十七年五月十四日

全國總書目

有朋友問我，當前我們最需要的出版物是甚麼？我的答案是「書目」。全國性的書目和分類的專題書目，我們都急切需要。西方學者常說，「治學當自書目始」；其實，即使不是爲了治學而只是做一個普通的讀者，書目的常識亦不可不有。

書目（Bibliography）一詞，用最簡單的說法，便是一份書單。其中包括作者或編者的姓名，書名，出版地點，出版人或出版社名稱，和出版年代。再詳細一點的，則應包括這本書的頁數，是否有重要的序文，是否有重要的挿圖等。而在一份完整的書目中，各書的先後次序，必有一個排列的系統。最簡易的辦法是按照作者的姓名筆劃（西方人是字母先後），以便於讀者的查考。

所謂「全國總書目」，乃是指某一國家出版書籍的全部書目，只要是書就應包括在內。所以總書目也就等於這一國家知識活動的一本總帳，是研究這個國家文化成就最基本的參考工具。像大英博物舘的總書目，一九六六年版有二六三卷，美國國會圖書舘的總書目，自一九三三年版至今，前前後後已達三百多卷。我國因歷史悠久，文物豐盛，要編成一部「萬世一系」的全國總書目，所需人力物力太大，目前做不到。過去蔣慰堂先生主持國立中央圖書舘時，曾出版有民國卅八年以後十五年間的全國總書目兩册。這個工作很有意義。揆諸各國的通例，作家與出版家在出版著作後，依法有義務將那本書送國家圖書舘（我國出版法第二十二條規定是送中央圖書舘）。而國家圖書舘對文化界也負有一個義務，那便是隨時將收到的新書編印書目，把文化界全盤活動的進度，公諸世界。國家圖書舘之權威在此，因爲只有它那一本帳是最完整最正確的。

總書目的編印，都賴日積月累而來，絕對不可間斷，而其出刊期不宜間隔過長。美國的書目索引（CBI）逐年出版，「出版人週刊」則是每週一册，是將一週間出版的每一本新書都包括在內的。這個方式我們大可採取，或延長爲一月一次亦無不可，但最要緊的是要做到完整無缺。如係月刊，便要把一個月間依法出版的書籍掃數包容在內。如此即可漸次累編，成爲現代的全國總書目了。

五十七年四月九日

從紅樓說起

全國性的總書目，是一國出版的總目錄，也可說是一國精神活動的總帳，其重要性不待多言。而爲了研究問題，從粗淺到高深，都需要分類書目或專題書目爲指南。在外國，普通的分類書目，圖書舘可以提供，這是他們的工作之一部；專門的分類書目，則往往由學人專家主持其事。

究竟何謂分類書目？其用途何在？此處且擧「紅樓夢」爲例以爲證明。

曹雪芹的「紅樓夢」爲我國古今小說中的第一精品；此書的好處幾乎盡人皆知，此書的「問題」也幾乎人人都有意見。直到幾百年後的今天，連「作者」究竟是一位或兩位，還有不同的意見。

所以，如果我們要研究紅樓，最基本的方法是應該先有一份「紅樓夢書目」，這份書目應該包括古今中外凡涉及紅樓夢的一切書籍、報章雜誌上的文章以及原始資料，這份書目本身要具有「紅學情報中心」的價值，可以引領讀者去找任何一本有關的書或一篇有關的文章。

這份書目本身至少可再分爲三大類：第一以研究紅樓夢的作者爲對象；第二以研究紅樓夢的內容爲對象（其中當然又可以再就思想、結構、人物描寫、寫作技巧等細分）；第三以研究紅樓夢的版本爲對象。

書目中所列的書也好，文也好，除了要列明作者姓名、書名或文題之外，更應註明出版者名稱與出版的時間、地點。如此，讀者便曉得曾有這樣一件作品的存在，要查閱的話也曉得從何處去着手。

學問研究之能進步，主要是後人能繼承前人的成就，至少不至重蹈前人的覆轍。卽以紅樓夢而言，直到最近仍有很多問題沒有解決，仍在繼續辯論之中。如果是嚴肅地研究問題，那便需要參與辯論者都具有某種最低限度的共同瞭解，卽在書目上已列的較重要作品，都應已讀過，如是則不致重複前人已經討論過甚至已經解決過的問題，才能有獲得進一步成就和超邁前人的希望。

學問不是天上掉下來的，也不是光靠閉關苦讀就能「頓悟」出來的，紅樓夢的研究如此，其他學問也是如此。如果我們看一看西方人研究莎士比亞或歌德等大家愼重其事的方法，就覺得我們實在太自作聰明、太偷懶、太不肯下苦工了。

五十七年四月十日

明體達用

中華文化復興運動以倫理、民主、科學並重，是復興而非復古。這一點，時賢論列已多，羣謀咸同，並無多少異議。其實，「復古」之不足以有爲，卽古人亦早有此瞭解。譬如「四庫全書簡明目錄」的凡例中就有一段話，擧當時若干復古論者的錯誤，加以批評，說得甚爲有趣。其文曰：

「聖賢之學，主於明體以達用，凡不可見諸實事者，皆屬巵言。儒生著書，務爲高論，陰陽太極，累牘連篇，斯已不切人事矣。至於論九河，則欲修禹跡；考六典，則欲復周官；封建、井田，動稱三代，而不揆時勢之不可行；至黃諫之流，欲使天下筆札，皆改篆體，顧炎武之流，欲使天下言語，皆作古音，迂謬抑更甚焉……」

四庫全書簡明目錄成於一七八二年（清乾隆四十七年），距今已有一百八十六年了。當時，不但沒有甚麼核子物理之類的新名詞，就是「外夷」船堅砲利的苦頭也還不曾嘗到。然而，當時的讀書人已經痛切感到「不揆時勢之不可行」的錯誤了。「陰陽太極」那樣的高論，固已不切人事，便是引了古而有徵的事例，也未必就一定能夠在此時此地行得通的。

此文中所說「聖賢之學，主於明體以達用」，用現代語來解釋，明體是明大體，是掌握基本的原理原則；達用是重實踐，是能够實際運用而有效。換言之，理想與現實，理論與實踐，應該是相輔相成，一以貫之的。

明體是普遍的，達用是特殊的。明普遍之理，而後應用到特殊問題之解決，這需要學識與經驗的結合。最要緊的是要能深切瞭解時代的需要，掌握必然之理，推行應行之事。

泥古是偏執的病象之一，與泥古同樣糟糕的是崇洋，一切以外洋爲標準而不自考量我們自己的情況，於是乎「凡不可見諸實事者，皆屬卮言」可就多了。普遍的理，古人講的也好，外國人講的也好，我們都要學、都要懂、都要研究；然如何審度時勢，切合環境使其「達用」，責任都在我們。徒然明體而不達用，便祇是「坐而論道」，無補時艱。

五十七年五月四日

四億册

因爲有事請敎，我寫信給在紐約的江德成先生。前幾天接到他一封長信，除了答覆我提出的問題之外，並且談了一些美國圖書界的近情。江先生是名記者，且曾翻譯約翰・根室的「非洲內幕」與薛瑞爾的「納粹帝國興亡史」等當代名著；他信中所談的情形，有些話是國內關心圖書出版問題的朋友們一定也樂於知道的。

江先生說，「第一向是一個崇拜美國的人，並非我看不見美國的弱點。至少，作爲一個新聞記者，看見美國人如此肯讀書，肯買書，肯寫書，肯印書，肯花錢支持讀書人去研究與著述，我們還能不欽佩、羨慕，甚至妬忌嗎？」他的議論正與我不謀而合；我從美國回來這四年來，念茲在茲，就是希望能在增進讀書風氣方面盡一點點力量——如果我們在讀書、買書、寫書、印書和花錢支持讀書人研究著述，都能向美國看齊，我敢斷言：別的事情也就不難創出可觀的成績來！

美國圖書出版，以外型而論向來分兩大類：一是布面精裝，一是紙面本。江先生告訴我，「美國的紙面本，年銷四億册，平均每人每年兩册。你能說美國人『沒有文化』，『都是銅臭的市儈』嗎？」光是紙面本書籍，一年就銷四億册，這是何等「壯觀」！依此比例，臺灣一千三百多萬人口，每年的紙面本書籍也該銷到二千六百萬册；果如是，我們的出版界一定不會像現在這樣偸工減料，因陋就簡，我們的教授不必再每星期轉檯子一樣上課卅多個小時，青年不至於嘆息「無書可讀」，而外國人也無理由稱我們是「文化沙漠」了。其實，每個人每年至少買兩本書，買兩本好書，事情就這麼簡單。

說到有關中國問題的研究著述，江先生也報導了最新的情況——「我們是中國人，可是，千萬不要以為我們對有關中國的事瞭解得比別人多。看見美國研究中國的書一本一本地印出來，而我們還在一味翻印古籍，我躭心美國人已經比我們中國人更瞭解中國了。翻印古籍並不錯，一味翻印就是大錯特錯。美國一年能够出版一百五十本到兩百五十本有關中國的書來，我們有多少？說來眞正寒心啊，眞正傷心啊！」

美國人單單是研究中國的書，平均大約每隔兩天一定出一本，我們自己對自己文化的研究成績在那裡？翻印古書也無妨，但要認清楚那只能算整個出版活動中的一小部分；如果自己不創業而全靠吃祖宗的老本，當然是不對的。

天下事情也許有可以投機取巧抄近路而成功的，唯學術知識則不然。一分耕耘，一分收穫。不要怕收穫少，只要問自己究竟流過多少汗！各盡心力去耕耘，終於會有收穫的！

五十七年十二月六日

現代中國研究指南

關於書目與索引的重要，我曾數度提及。此「曲」不高，而和者甚寡。這是因爲我們現在沒有朝這個路子上走，多數人還沒有能享受到其好處，自然也就不覺其重要。但要談到學術研究，書目與索引却是絕對不可少的工具。我們自己不作，外國人却等不及了。他們要研究中國問題，乃逕自編印他們認爲需要的書目與索引。美國近時有一本「現代中國研究指南」，Contemporary China: A Research Guide. 是南加州大學國際關係研究院東亞地區研究計劃的提調人白爾登教授（Peter Berton），與哈佛燕京學社圖書舘的吳文津舘長合作編成。史丹佛大學的胡佛研究所出版，六九五頁，書目本身卽爲一本可觀的書。

這本指南的編成，由福特基金會出錢。工作的策劃與推動則靠學術團體，卽「美國學術團體協會」與「社會科學研究協會」聯合組成的「現代中國研究聯合委員會」主持；目前美國學術界有關中國問題研究的基金分配，是由這個委員會掌握。

本書所蒐集的都是有關現代中國研究的資料，分門別類，註明來源與內容的提要，以供研究者參考與運用。全書共分為四編二十二章，每章以下，再分節、目。作者在每編每章之前，先作提要的介紹。分列於每一節目以下的資料，則大體按照「作者」、「篇名」（中日文者並附中日文全文）、「出版地點」、「出版者」、「出版年月」、「頁數」等書目學上必備的項目開列——這些項目與次序，我曾多次向出版界建議。在教室裡，也曾一再提示同學，這是國際通行的標準，我們也以採納為宜，否則將無法與世界知識界「接龍」了。

「指南」中蒐集的資料，不僅包括了書籍，參考工具，報紙雜誌上的重要論文，各校的博士、碩士論文、各國公私機構所編印的資料目錄、索引，而且包括官方文件、地圖、乃至於廣播輯要。表面上看起來，列名者雖僅二千二百二十六種，但一種報紙、一種期刊、或一套百科全書，都只算一種；所以，其指引門徑之廣，實可當集大成之作而無愧。而其分類之精密，蒐羅之宏博，足與柯第爾的「中文書目」（一八七八年至一九二四年），袁同禮「西方文獻中的中國」（一九五八年）相媲美，在時間上大體與袁著相銜接。確為研究現代中國問題的重要參考書。

這本該我們自己做的事，我們不做，別人做了。如果還有人因此沾沾自喜，「看，我們中華文化多麼博大精深，連外國人也要下功夫去研究，眞了不起！」如此云云者，可算得是哀莫大於心死。

眼前造不出原子彈來，不足爲憂；但若連研究中國問題的書目也要等着看外國人來搞，我們未免太不爭氣，太不知恥了！

五十七年十二月十四日

何處找材料

昨天談「現代中國研究指南」，在今日西方學術界，凡用到 Guide 這個字，幾乎所指的都是索引和書目。指南者，就是告訴人到甚麼地方去找材料也。治學之道，貴乎累積而漸進，互相發明。用前人旣有的成就，作後人開疆拓土的基礎。如果沒有這種認識，無論如何辛勤努力，也只是單槍匹馬打濫仗，註定了事倍功半，甚至徒勞一場。

以這本「指南」爲例，它包羅了當今各國研究中國問題的資料，不僅是很有系統的將這些資料輯成一體（請特別注意「很有系統的」這幾個字），而且指出其來源，使我們知道何處去找這些資料。

在全書四編之中，第一編就是「書目與索引」，第二編「一般參考工具」，第三編「官方資料選輯」，第四編「報章期刊選輯」。像這樣分類精細，蒐集完備的參考工具，我們自己眼前是拿不出來的。

所謂現代中國的研究，含義至爲廣泛。這本指南講明了是以人文與社會科學爲主。關於自然科學和技術部門，則列參考資料索引、專門性的辭典和少數雜誌。

參考書價值高下的判斷，「截斷期」是一個重要因素。這本指南中——

△凡中華民國出版有關現代中國研究這個總題目之下的書籍、報刊上的重要論文等，自一九四五年至六三年間出版者，均有蒐集。

△中國大陸匪區出版的書報論文，自一九四九年至六三年間，收羅在內。

△其他地區如香港、日本、美國、英國、蘇俄等出版物，則以一九六四年爲截斷期。

由此可知，題目是「現代中國」，其所「指」之「南」却是世界性的。舉例說，如果我們要查匪區「人民公社」的資料，在此書第一編G節「專題書目」之下，就可以查到「第七目，公社」。在這一目之下便列有有關公社問題的重要書籍與論文，不僅有中國人寫的，也有美英日俄等各國的出版品；當然，這裡面也列有匪方的以及爲匪張目的作品，與我們中華民國和其他自由國家的出版品並列。至於誰講得多，誰講得有理，那要等讀者利用之後來判斷了。

這本指南，有專題索引，也有作者與書名索引；換言之，讀者對一本書只要知道作者姓名、書名或主要內容任何一項，都不難查到原書的下落。

此書附錄中列擧出與中國問題有關的研究圖書館與研究機構的資料；兩位編著者在書前所寫的「謝詞」，長達四頁，又擧出各國重要圖書館及有關中國部門負責人的姓名，兼及各國「中國通」或研究匪情專家的姓氏，這種「應時當令」的指南，更是在別的地方找不到的。

五十七年十二月十五日

有價值的工作

美國目前每年出版新書約三萬種，其中有二百五十種左右是與研究中國有關，至於期刊論文，環繞着這個大題目的作品更多。行政院新聞局派駐在紐約的中國新聞處，編了一種「美國有關中國研究書刊論文摘要」，分寄國內有關機構，這是非常有意義的工作。

這份「書刊論文摘要」，我最近讀到一批，是用手抄油印或鉛印，十六開單頁，不定期出版，到目前已經出了將近三百號。

「摘要」的內容，完全依照國際通行的書目規格，分爲幾個大的項目：(一)書籍名稱或論文的篇名；(二)作者的姓名；(三)出版者的名稱和地點；(四)出版的年份；(五)定價；(六)總頁數。如果是期刊上的文章，則列舉刊物的名稱與背景。在以上這些基本資料之後，便是「

摘要」的主體，其中包括「作者立場」與「備註」。

「作者立場」通常包括其人的國籍、學歷、經歷、現任職務，過去的著述或研究成績。間亦視資料來源許可的情況下，說明該作者與中國或中國研究這個大題目的關係。

至於「備註」一欄，或寥寥數行，或長達數頁，亦即「摘要」的精華。「備註」中通常包括兩個重點；一是那本書或那篇論文的內容簡介，即西書中所謂的「提要」(Summary)，以簡潔的文字闡明其主旨所在。一是關於那本書或那篇論文的「評價」(Evaluation)，包括由作者本人在序文或透過其他方式所表達的見解，以及編者的評語。通常評語皆極簡潔；在我看，這毋寧應說是這份「摘要」的一個長處——儘量保持客觀的立場。至於作品本身的是非優劣，仍由讀者就提要的文字中去判斷。這比單單用對我們「有利」或「不利」的評語反而更爲貼切，因爲閱讀這種「摘要」的讀者，應該是具備這樣的瞭解與判斷能力的。

「摘要」的對象，廣及一切與中國研究有關的著述，不以政治或當前局勢爲限。有歷史性的譯作如「英譯唐順宗實錄」，也有通俗性的讀物如「中菜烹飪法」。當然，大部份還是與現實有關的；這種研究與著述的方向，顯示出美國學術界關心的趨勢；「摘要」反映了這種趨勢。

目前紐約中新處的主要工作人員，包括陸以正、江德成、陳宗堯等幾位先生。在人手有限，經費無多而任務繁重的情況之下，他們猶能積極主動地找事情作，而且作得很够水準，這種精神，值得讚揚。

由於人力物力的限制，這份「摘要」在篇幅上當然還無法與「時報書評雜誌」或「星期六評論」之類刊物上的評論相比；同時由於郵遞的關係，時間上不免遲緩，可是，就目前來說，這却是中國人持續地有計劃地介紹美國有關中國研究書刊論文最可靠的一份「摘要」。讀「摘要」不能代替讀全文，然而，要瞭解美國學術界對中國研究的大勢，這份「摘要」應是最起碼的知識；由此而漸進而深入，則要看讀者自己的興趣與研究範圍而定了。

五十七年十二月二十七日

科學期刊知多少

近來各方面都在倡導「科學第一」，這是很好的現象。不過，重視科學的研究與發展，除了埋頭苦幹之外，更要及時吸收各先進國家的研究成果，學習他們的方法，以爲借鏡。科學範圍廣泛，細分起來，何止千百種學科，我們當然無法將天下的學者專家一一網羅——即使全挑頂兒尖兒的頭等角色，恐怕也有「不勝邀請」之憾。好在學術的切磋與知識的交流，還可以有替代的方法與途徑。我們可以讀他們的書、論文和研究報告。

說到論文、報告之類，在自然科學的範圍中，有時其重要性還勝過書籍。因爲科學性的文章篇幅不一定很長，但時間性却很重要。像愛因斯坦的重要理論，便幾乎都是先在期刊上發表的，可爲一例。因此，重視科學便一定要重視各種科學期刊。

究竟全世界有多少種科學性的期刊呢？這些期刊叫什麼名稱？主要內容的重點何在？如果我們認爲的確值得參考，想要訂一份的話，應該到甚麼地方去訂呢？都是很要緊的問題。當然，透過「尋師訪友」的老辦法和到圖書館去查，便可以找到很多；可是，這究竟不很方便，有時且不很可靠。

最近，我收到英國一家出版公司來函，說明他們新近出一種目錄，正可以答覆以上的問題。

這家巴特華玆公司(Butterworths)設在倫敦，以出版有關自然科學與醫學的圖書著名。他們新近增訂出版的「世界科學期刊目錄」(World List of Scientific Periodicals)，共計三卷，新出的是增訂的第四版，廣告用語形容它是「任何高等研究機構與專門性圖書館必備之參考工具書。」

這套目錄中，包括自一九〇〇年至六〇年間全世界各國科學性的重要期刊，共達六萬種之多，較第三版就增加了兩萬種，其中有三千種期刊的名稱與資料，是由世界各大圖書館所提供；換言之，這些期刊不僅保存完整，而且是可以設法借閱的。

這六萬種期刊，完全按照其名稱的字母次序排列，並有很多的互見參考。每一條目之下，都有簡明的註解，說明這本期刊的內容、刊期、社址、定價等等。這些註解都是用的英國式的標準簡體字或符號，以節篇幅和排工。這些簡體字的辨認並不困難，卷前都有對照表的。

這套目錄的編者，一是服務於大英博物舘的學者布朗(P. Brown)，一是倫敦動物學會的圖書舘專家史特雷敦(G. B. Stratton)。這套目錄的第四版在一九六五年編定，最近又重印發行。定價是每套二十五英鎊。

英國人在參考書上下的功夫不少，成績不差。不過這套目錄截斷於一九六〇年，最近八年來新出的科學性期刊尚不在內，不能不說是美中不足。

五十七年九月十四日

談書展

全國第一屆圖書雜誌展覽會於五十七年十月二十五日在臺北市揭幕。在我國，這是破天荒第一遭，所以很受大家注意。主辦者舉出「鼓舞社會大衆讀書風氣」爲此次書展的目標之一，對於一般知識份子，更顯得具有吸引力。

用舉辦書展來增進社會公衆對圖書出版界的認識與瞭解，各國行之已久。其中最爲大家注目的，是西德的法朗克福書展。

法朗克福是西德最爲「國際化」的大城之一。每年有四十種以上的國際性展覽或集會在那兒舉行。法城的書展始於一九四九年，當時參加展出的出版機構共二百零九家，全部是德國人辦的。以後逐年擴大，規模日增。今年的法城書展，共有三千零十三家出版機構參加，分屬於五十八個不同的國家，展出的圖書超過十八萬種。在世界各國出版家的心目中，法城書展便是最能代表世界性的圖書展覽了。

德國人對於出版印刷事業向來重視，一部份理由是因爲德國出過谷騰堡，他是西方印刷事業的鼻祖。德國人研究印刷術源遠流長，因而對於鼓勵圖書出版動過很多的腦筋，成績的確不錯。

今年法城的書展，於九月十九日揭幕。我剛好在那天的下午到達。不巧的是我的行程過於倉促，祇能在瞻拜大文學家歌德的故居與參觀書展兩個節目之間選擇其一。經過一番考慮和商量，還是先去了歌德故居，當日就飛往科隆，轉道波昂去了。聽久住德國的關德懋先生說，在這次展出的各國出版物之中，我國的圖書頗受讚美。尤其我們的兒童讀物，圖文並茂，甚得好評。據我個人的看法，我們印刷的能力和技巧，大體已經可以趕得上國際水準。問題是我們目前的圖書也好，雜誌也好，都是盡力在求降低成本，因而在印刷、設計、紙張和裝幀方面，難免會給人一種「寒酸」的印象；甚至於連內容方面，也會有因陋就簡，敷衍了事的情形出現。爲了能使圖書雜誌的定價減低，出版者無法不精打細算。不過，打算盤時也應該有一個合理的標準，否則，價廉而物不美，到頭來一定枉拋心力，欲巧反拙了。

法城的書展，去年有十七萬四千人去參觀，今年卻祇有十二萬人。觀衆減少的原因，是厭惡極少數左傾青年鬧事。西德的「社會主義學生會」(SDS)，大約有百數十個會員在會場中搗蛋，使書展的主持人小小地傷了一陣腦筋。西德出版界將一年一度的「和平奬」贈給非洲賽內加爾的總統；不料這少數學生起而反對，指責那位總統在國內曾經「鎭壓學生暴動」，因此是「不民主的」，鬧得不可開交。結果主辦單位只好請了警察來處理才了事。西德的各種傳播事業對那些搗蛋份子的行爲表示痛心疾首。著名的專欄作家吉波厚夫爲倫敦的「星期泰晤士報」寫的專欄中，指責主辦者「光光保持中立是不夠的」。由於那一百名左翼份子的囂張行爲，不僅使書展少了五萬四千名參觀者，而且更使德國在各國貴賓面前大爲丟醜，實在太不顧大體了。

我們的書展，規模沒有法城書展那麼大；但我們的秩序一定好得多，這是可以引爲自慰的地方。

五十七年十二月二十五日

索引與書目

第一屆全國圖書雜誌展覽已經閉幕多日了。雖然這次書展在我國是破題兒第一遭，全無前例成規可以追傍，但却辦得甚爲成功，令人覺得可喜。無論以當時觀衆踴躍的情形來看，或以事後新聞界知識界的議論風評來看，都可見圖書雜誌之事，在此時此地頗有可爲。文化出版事業，現在可以向下生根。

關於書展，朋友們談得很多了；各方面的高見都很寶貴，不必贅述，我只想在此補充一點朋友們尚未提到的意見。

書展辦得成功，當然很好；不過，書展只是一次大檢閱。檢閱可以顯示實力，但却並不等於打了勝仗，書展的成功是一時的，「復興中華文化，倡導讀書風氣」却是長期的。我們應該把握書展成功的契機，去追求更遠的更高的目標，以「逛廟會」的心情去看書展是不够的；光是多少萬人去過，或會場上賣了多少本書，也是不够的，書展是一個開端，公衆的這種熱情應該讓它持續、推廣，使圖書出版更加活躍、充實起來。

光是印幾本書（或翻印了幾本舊書），再編幾種新的雜誌，究竟是否就等於倡導讀書風氣了呢？未必盡然，倡導讀書風氣必須有具體的方法；出版界諸君在身歷目睹第一次書展的盛況之後，應該有充分的信心，去積極策劃進行了。

目前，出版界雖相當繁榮，但却十分散漫，沒有一個供應一切有關圖書雜誌出版的情報中心(Information Center，爲了免得誤會祇是發發新聞，登登報，所以我不用新聞中心的譯名）。這個中心應該是一個總樞紐，換言之，應該負責大量地編印出版合乎世界標準的、可以與各國交流而同時也可以讓國內讀書人參考的書目與索引之類的工具書。出版界、圖書館界以及政府有關部門，必須通力合作，來作好這件工作。應知沒有書目，則出版活動便好像做生意沒有賬簿，賺錢也是歪打誤撞，不足爲訓的。

在外國讀書，幾乎不論甚麼課程都先從參考書目開始，這是最基礎性的學問。其實，書目與索引之類的參考工具，並不是專爲學者專家做研究工作時所備，一般讀者爲了擴大知識的領域，也都離不開這些參考工具的指引。出版界即使從純生意眼上來看，也應該聯合起來，爲這樣的出版物催生的。

究竟書目、索引是怎麼一回事情，因內容較爲曲折，短文中一下子說不淸楚。謹建議讀者無妨一閱臺北學生書局出版的「書目季刊」第二卷第四號，其中有喬衍琯先生的「索引漫談」和拙作「書目與書目期刊」兩文。

發展「索引」與「書目」，乃是繼書展之後最應該做的事情。擧例來說。書展中有經濟部很多而且很好的出版品，但一般讀者無從知曉那些書的存在。沒有書目指引，大家根本連那本書的存在都不曉得，當然更談不到閱讀、吸收，和繼續研究發展。如是豈不是很大的浪費嗎？

五十七年十一月九日

推薦良書

如何倡導讀書風氣，是促進社會全面進步的當務之急。處今之世，不愛好知識不尊重學問的社會或個人，都是絕無前途的。讀書不是求知的惟一方法，但却是最方便的方法。

近些日子，由於第一次全國書展與兒童書展先後在臺北舉行，頗引起各方的重視與讚許。最值得大家欣慰的，還不僅是我們出版界在「大檢閱」裡所顯示的種種優點，尤其那些入場參觀者「反應」的熱烈，實在令人感動，我聽到一位從事出版工作的朋友說，「看到觀衆們臉上的驚喜之色，我自己也覺得很榮幸──我們的血汗沒有白費。」

但是，一種風氣之養成，不是靠少數人一時的行動就可以成功的；而一種良好風氣的保持與發揚，更需要大多數抱有正確認識的人，持之以恒，繼續努力。

從書展掀起的高潮，應該如何保持下去並且予以擴大呢？很值得大家來想一想。

書展的成功，內政部出版事業管理處以及好多有關的官署，都出了很大的力氣。我覺得，今後之事圖書出版界似乎應該主動地多盡一些推動之力。這是長期的、全面的工作，也惟有出版界才適合挑起這個千鈞重擔來。

出版界應該如何倡導讀書風氣而又不致陷於「自我宣傳」的窠臼裡去呢？方法還是有的，但第一要出版界各方面有誠意；第二要大家能切實合作。下面我介紹日本出版界的「推薦良書」的辦法，以供朋友們參考、採擇。

日本有一個「日本出版物小賣業組合全國連合會」，是全國各地書店（非批發店）的聯合組織。另有一個民間團體，是由出版界、圖書舘界與教育界、學術界合組的「讀書推進運動協議會」。「推薦良書」便是由前者主辦而由後者支持的。

他們的辦法，是先定若干期限爲「讀書週間」，譬如最近一次由十月廿七日至十一月九日的兩個星期，已是第五次了。在「讀書週間」開始之前，先在報上大登廣告，列出許多「良書」，及其出版者，頁數或卷數，以及定價來。這些所謂「良書」是經各書店和出版機構初步推薦，再經專家審定而來。刊在報上的良書書目，粗分爲四大類：

△小說類，十一種。有的是一部作品，如新潮社的「青春之蹉跎」；但大都是大部頭的，如

筑摩書房的「現代日本文學大系」共九十七卷，新潮社的「新潮世界文學」共四十九卷。

△非小說類，九十九種，包括百科全書、哲學、歷史、法學、醫學、美術和自然科學等。像大修舘書店的「大漢和辭典」縮刷版全集十三卷也在其中。

△兒童書籍，十五種，規模亦非草草，像盛光社的「日本名作、世界名作」就有五十卷。

△學習參考書類，七種。主要是外語辭典和年鑑等。

以上共爲一三二種。他們請求讀者根據自己的意見，挑出一百種來，將一份表圈選後寄去。「出版物小賣業全連會」要致贈五千份小禮物，結果能全測中者，將來還另贈紀念品。

這套辦法的目的，當然也是爲倡導讀書風氣，鼓勵多看多買。這等於是一次大規模的長期書展，由十月下旬直到明年初，這些受推薦的好書將在日本全國各地書店展出，對讀者來說，當然方便多了。

使每一家書店都成爲展覽「良書」會場之一部份，這影響有多大？出版家們應不難想像吧。

五十七年十一月二十三日

書的流通

在美國和北越的巴黎談判開始前夕，我曾介紹過兩本「談和談的書」；一本是史學家費倫巴契的「這種戰爭」，一本是美國前駐泰大使楊格的「與中共談判記」。那篇短文發表後兩天，國軍某高級將領曾託人來問，臺北是否可以找到這兩本書。我的答覆是目前大概還沒有；因爲這兩本書可能都是新版，市場供應未必有如此迅速。但圖書館中可以找得到的。

後來，我果眞也到幾處圖書館去找找看，在我認爲可能會有的地方都沒有找到。由此我發生了兩個感想：第一、某將軍讀報如此之「精細認眞」，令人欽佩。從報上看到新讀的線索，就立即去找去查、這種好學的精神，反映出國軍中的新風氣，値得社會上許多用「忙」做爲不讀書之藉口的人自我檢討一番。其次，因此一事，又顯示出圖書館對社會，尤其是對讀書人關係之密切。我們今日談現代化，談文化復興，圖書館都是極其重要的一環。如果照西方圖書館服務的標準，要查某一本書是否已經「存在」，以及是否可以買得到或借得到，都是一次電話就可以解決的事情。

但是，這絕不是說他們的圖書館就都比我們的好，也不是說他們圖書館的服務人員都比我們的更熱心或更有學問。我是說，他們因爲有了種種週密的制度與良好的設備，館與館之間互通聲氣，密切合作，有些問題的解決，簡直像我們刑警大隊的「八號分機」一樣，要查像兩本新書是否在本地找得到之類的問題，那眞是「手到擒來」，方便之至。

圖書館之間的合作，有點像銀行的票據往來，因爲有來有往，大家都有利。在讀者來講，他只需向某一家圖書館去請教，利用「聯合編目卡片」(Union Catalog) 或者透過「書目中心」(Bibliographical Center)，只要他能够說得出某一本書的作者姓名、書名、或者內容性質這三個要件中的任何一個，透過那週密的「情報網」，就可以查出那本書的下落。如果那是一本稀有的書，譬如古書、珍本、絕本、乃至古董一般的手鈔本，你也可以查出那個「海內孤本」是在何處收藏著，然後你還可以向那「祇此一家」的收藏者去請教。

在一般情況之下，館際合作不僅包括互通消息，而且包括代理借書。譬如說，假定我曉得東海大學圖書館有「這種戰爭」那本書，我就可以在政大圖書館（或任何一家我認爲方便而與東海同樣參加合作計劃的圖書館）塡單借書，政大便有責任爲我去借。而東海也要把我當做「登門求教」的借書人一樣看待。

金融流通暢快，可以幫助工商業發展；書籍流通暢快，可以幫助學術發展。在書籍方面我們需要一些新的做法，新的觀念。

五十七年六月一日

「發明屯」計劃

世界上的書籍太多太多了，究竟有多少，簡直沒有人能說得出可靠的確實數字來。有人估計應在兩千五百萬種到三千萬種之間。

由於既有的圖書典籍數字如此龐大，新書的增加又與時俱進，越來越多。世界上已經沒有一個國家敢說把所有的書都能收羅齊備。美國一位圖書館學家米瑞特（L. C. Merritt）在一九四一年時曾做過一次不甚週全的調查；他估計，世界上自有印刷以來的書籍，大約有三分之二可以在美國境內找得到。在我們外國人看，「三分天下有其二」，已經很了不起；但美國人覺得仍不能夠滿意。

於是有了所謂「發明屯計劃」(Farmington Plan)。「發明屯」是譯音，我取這三個字祇是爲了容易記，容易說。

美國圖書舘學會是一個組織健全，潛力甚大的專業組織，而且的確爲圖書舘和教育界做了許許多多有價值的工作。在這專業組織中有一個「研究性圖書舘協會」，從一九四七年開始，就建立了所謂「發明屯計劃」。這個計劃的要旨，是以全美國各大研究性的圖書舘聯合努力，去收集全世界各國出版的各種書籍和小册。據威廉斯（E. E. Williams）所寫的「發明屯計劃手册」中所列擧的工作目標說——

「根據本計劃，外國所出版的書籍和小册，凡是可能引起致力於研究工作人員之興趣者，務必能由某一美國圖書舘至少購置一本；並應立即列名於美國國會圖書舘的聯合目錄；同時，經由各圖書舘舘際借閱，或者照相複製的辦法，使這惟一的一本書也能由公衆去閱讀、利用。」

「發明屯」計劃是專門以收購外國書爲對象的；在一九五七年某些專家的檢討中，認爲那個計劃的推行並不理想。他們認爲美國圖書舘的購書計劃，在質量兩方面都有問題。有若干眞正重要的書「漏」了，又有若干不够水準的書「混」了進去。所以，他們以後的「門禁」就越來越嚴格了。

當然，這個計劃還是有其貢獻的；尤其像我們目前的情況，各舘經費未充，國家外滙更應撙節；有些書雖然極重要，但却並非許多人經常要讀的，如是則買一本「存」在某一舘內隨時備用也儘够了。又譬如各種期刊，數量尤多，不僅訂購要錢，就是管理和裝訂的費用也就很可觀。如果採行類似「發明屯」這樣的計劃，一方面可以節省人力物力，不方面又方便了學術工作的研究，是很有意義的。

不過，要能使「發明屯」計劃確實有效，還需各館切實合作。譬如說，沒有「聯合目錄」向讀者提供「情報」，這個計劃就是紙上談兵了。

五十七年六月四日

全世界的書

研究世界的書，有時會感覺到好似研究世界人口問題──越來越多了。我在「發明屯計劃」中對於全世界究竟有多少書，曾提供過一個粗略的估計，是在兩千五百萬種到三千萬種之間。這個估計是以下面的幾項數字爲依據推算出來的：

據伊文斯基(M. B. Iwinski)在法國「國際書目學會公報」裡提出的數字說，到一九〇八年爲止，全世界共有一千零三十七萬八千三百六十五種書。

另據米瑞特(L. C. Merritt)在「美國的聯合書目」那本書裡說，到一九四〇年爲止，全世界書籍的總數是一千五百三十七萬七千二百七十六種。他估計自一九〇八年到一九四〇的三十多年之間，每年書籍出版的平均數字是十五萬六千二百十六種。

伊文斯基和米瑞特都認爲，他們所作的估計，由於資料缺乏，必然會偏低於實際數字。

比以上兩個估計都新而且似乎更可靠一點的數字，是由巴克（R. E. Barker）在「國際書籍業調查報告」那本書提供的。巴克的報告，是在聯合國教科文組織的協助監督之下完成的，資料比較完整。他的調查是在一九五五年前後進行的，當時聯合國會員國只有六十個單位，所以他的調查方式是列舉這六十個國家書籍出版業的生產統計，再取出當時最新的年度統計（大都是一九五三年或五四年的）。他沒有舉出一個「開天闢地」以來的統計，但却舉出一個數字，即全世界每一年出版的新書，共達二十四萬種——這個數字雖仍只能說是「估計」，但已相當接近實際情況。

把一九五四年與一九四〇年的數字相比較，顯然可見時代越進步，書籍的數目越繁多。廿四萬減去十五萬多，即在十四年間，平均每年要多出將近十萬種新書來。如果以此速度來推算的話，一九六〇年以後到今天，世界每年新書出版的數字，應早已超過三十萬種以上了。

這龐大的數字，對我們不啻是一種挑戰。當然，要「盡讀羣書」是不可能也不必要的；值得我們反省的是：我們每年可以出版多少新書？其中有多少是站得住、有價值，對人類總和的知識能夠有所增益的？

這一代讀書人要比要爭的，應該是在此。我們應該時時勿忘，在不到兩百年之前，中國人寫成的書籍，比全世界的書都多！

五十七年六月三日

談「和談」的書

最近，由於美國要和北越談判和平，「和談」成了一個惹人注意的話題。美國人喜歡寫書，他們近幾年來每年出版的新書都在三萬種以上，其中就有專門講與共產黨舉行談判的書。

歷史學者費倫巴契(T. R. Fehrenbach)寫的「這種戰爭」，深切瞭解到共黨把談判也當作打仗另一手段的道理。他的這本書目前是詹森總統仔細研讀的書。

從這本書的記載，使人回想到韓戰談判初期，聯軍統帥李奇威建議在中立地點去談判。但是共黨方面堅持要在他們佔領之下的開城舉行。美方爲了不因細節阻撓了和談的大題目，祇得勉强同意。結果美方人員竟發現他們自己是在白旗引導之下坐到會議桌上，「彷彿前去投降一樣。」

到了會談開始的階段，美方談判代表卓伊中將所坐的椅子，竟比北韓代表南日的座位矮了一截。費倫巴契指出，「在敵人的心目中，對於任何細微末節全都不容忽視，祇要是對他們有利，甚麼事都要爭的。」

美國前駐泰大使楊格（Kenneth T. Young）也曾經與共匪辦過交涉。他最近出版了一本「與中共談判記」，對於共匪常用的策略有很精到的分析。據他的經驗，共匪慣於在討論會議議程的時候，「就頑强地堅持某些程序和用語，」妄圖籍此控制後來談判的發展以至贏得談判的主要問題。「在議程之戰中，他們就想要把談判的實質問題也一併處置，使他們能搶先決定談判的結果。」明乎此，就可以瞭解何以共黨方面一遇到談判的場合，就故意挑剔萬分，對於許多枝枝節節的問題，都要「錙銖必較」。他們所爭者，表面上看起來彷彿無關緊要，但如果稍示讓步，說不定就會「一著棋錯，滿盤皆輸」的。這次美方在會議地點上的愼重其事，未嘗不是自過去的經驗中汲取了教訓。談判是作戰的另一方式，這層道理希望美國公衆也都能瞭解，就不至於過分操切地去求獲不可靠的和平而貽患未來了。

五十七年五月二日

廟與圖書館

前些日子，嘉義市有一位佛門女善士，獨資拿出了四百萬元造了一座廟。在宗教信仰自由的地方，有錢人出資修廟，並不算十分特別的事，但當時我一直覺得有點兒堵得慌。那筆錢難道沒有更好的用途？如果造一座圖書館。豈不對於地方的文化建設更有益處？

最近，聽說一位住在臺北市的林老太太，爲了紀念她的亡夫林金臻先生，特捐款八十萬元，要在林先生的故鄉嘉義縣朴子鎭興建一座圖書館，這個消息令人眼明心亮，精神一爽。

說來很慚愧，我目前並沒有多少時間能好好地去利用圖書館，但是，對於圖書館這種文化教育事業，我愛好得近於「迷信」的程度。我認爲我們社會上對於圖書館的冷淡與漠視，已經到了必須立卽大力挽救的地步了。一時的落後並沒有關係，我們還有急起直追的機會；就怕是落後而猶不知不覺，或以敷衍的態度不承認落後，那就沒有辦法了。

西方人說，「要瞭解一個國家的現況，讀它的報紙；要瞭解一個國家的過去，參觀它的圖書館。」圖書館不僅應該是庋藏文物的寶庫，而且應該是推動社區文化活動的中心。我於一九六四年看到美國的統計，當時全美有各種圖書館四萬八千六百九十家，藏書六億零二百萬冊。以當時美國人口來推算，平均每三千九百人就可以享受到一家圖書館的服務。各圖書館中的藏書量，合到每一個國民三點二冊。

如果照此比率的話，我們臺灣有一千三百多萬人口，便應該有三千三百三十家圖書館，其中藏書的總量應該在四千一百萬本以上。

實際情況如何呢？臺灣有二十個縣市裡，到現在仍有連一座圖書館都沒有地方。這種情形如果發生在外國，一定被當地人士視爲「一方之恥」，必須立即改善的。

近年來經濟繁榮，民力殷厚，如果有錢的人學這位林老太太的榜樣，多多建造圖書館，由地方政府或社團盡力支持，使能垂諸久遠，則無論就推行社會教育的觀點，或就充實地方文化事業的觀點，都是極其有意義的事情，早年間，大家以「朝山拜廟，補路修橋」爲無上善舉；依今日社會的需要而言，創建圖書館以開知識之路，造文化之橋，功德更是無量無涯了。

五十七年七月二十日

圖書館學會年會

中國圖書館學會第十六屆年會，今天在臺灣大學研究圖書館新厦舉行。在我國，從事圖書館工作的人常被社會上目爲「寂寞的一羣」。事實上，儘管我們的圖書館事業距離實際需要尙遠，距離國際標準更遠，但在這一行裡從業諸君，却是埋頭苦幹，克難經營，盡心盡力爲社會服務，爲讀書人服務；雖然說不上赫赫之功，但他們的內心並不寂寞。

在外國，由於圖書館事業發達，圖書館工作人員衆多，同業的聯合組織影響力極大。像美國，從各級學校圖書館、公共圖書館到特種圖書館等算在一起，有四萬多所。提起 ALA（美國圖書館協會）來，其影響力眞是無遠弗屆。會裡面對各型圖書館服務之周詳，設計之細密，令人讚佩，我們的圖書館學會，雖限於人力物力，做不了那麼多工作，但總是在力之所及的範圍內，推動圖書舘事業的發展，並硏討服務方式的改進之道。

今天的會中，預定有六個講演或報告，上午有黃季陸先生「建立國家檔案庫之必要與構想」；賴永祥先生「硏究圖書舘的構想」，藍乾章先生「最近分類法的趨勢」，王左猶麟女士「中西目錄法的比較」；下午有我來報告「改變歷史的書」，和傅良圃先生講演「西洋古版本」。除了我的報告是臨時應命以外，預計那五個演講都是非常充實的。尤其黃季陸先生新任國史舘長，建立國家檔案庫與國史保存工作不可分。黃先生的「構想」，非僅爲圖書舘界所樂聞，社會各方也一定都是很關心的。

至於會中指定我報告的題目，是因爲我譯了「改變歷史的書」。此書作者唐斯博士是伊利諾大學圖書舘長；書的內容是就文藝復興以來十六本對近代歷史發生過重大影響的書，一一討論。唐斯博士的文章，有敍述，有論斷，旣說明了這些重要書籍的內容大要與時代背景，也提出了世間的評價及其對歷史的影響功罪。我的譯本由「純文學」月刊社出版，自七月以來，每個月增印一版，如今已經印到第五版。據林海音女士告訴我，全國書展那幾天，這本書在會場上居然賣了五百多本，購買者又以靑年學生爲多。這話聽來當然是令人高興的。

我的報告不值一提，倒是賴永祥先生對我所作的一個「承諾」，對我的誘惑性極大。他說，如果我願意作這次報告，他就把在臺灣所能收集得到的那十六本書的各種版本與譯本，都找到一起陳列出來。因爲過去常有朋友問到那十六本書的中譯本問題；我所知有限，現在在這一個小型的書展中應可得到答案了。

五十七年十二月八日

傳記與資料

胡適之博士生前常常鼓勵人寫傳記。好的傳記不僅是動人的文學作品，而且常常保存了寶貴的史料，並且經由個人的觀點，對歷史提出更有深度的解釋。不過，傳記並非文藝創作，它必以事實為依據；因此，無論是寫自己的傳或是為別人立傳，資料總是不可少的。

美國總統詹森退休後，他計劃以寫出三四卷自傳來自遣，其內容將完全集中於他在政壇上活躍的紀錄。他所收集與他傳記有關的公文書，已裝滿了八千個資料抽屜。他從白宮帶走資料為數之豐，勢必打破歷來總統的紀錄。有人說，詹森這個人總怕別人不能充分瞭解他治國從政的用心，所以決心要寫自傳。尤其自從他入主白宮以來，幾乎他睜開眼來的每一分鐘，都有「紀錄在案」。在行政大廈裡面，還收集著詹森的信札、講演詞、備忘錄、下達的命令、頒贈獎勵的致詞，乃至心不在焉，信手塗抹的片斷，這還都是有文字可「考」的。此外，還有他千千萬萬次通電話的速記錄，非正式秘密談話時由秘書人員留下的紀錄，再加上每一位訪問白宮的賓客到達與離去總統辦公廳的紀時表册，可謂詳矣備矣。至於詹森總統私生活裡的行動，從一日三餐到午睡，甚至他在白宮游泳池中泡了幾分鐘，也都有很確實的記載。

每天晚上，詹森夫人在起居室內致力於增加他丈夫的傳記資料寶藏，對着錄音機留下了「時代之聲」。美國幾家電視公司，贈送給詹森的新聞片足有幾哩路長；白宮攝影師爲他所拍的照片，則已超過了五十萬張。

所有這些資料與紀錄，再加上詹森歷年來接受各方致贈的紀念品，他在離職後都可以帶走，這是法律許可的特權。他準備把這些東西都捐贈給故鄉的德克薩州大學，該校將建立一座詹森圖書館；也許再增設一個政治研究所。擁有三十五個名譽博士頭銜的詹森，也可能登壇說敎，主講美國政治中的總統職權。

在美國，紀念一個偉人，樹立銅像的辦法已經算落伍了；最爲人歡迎的是設立圖書館，有了圖書館，不僅要紀念的偉人的確會被人「長誌不忘」，崇拜那個偉人的人們也可以享受到種種方便，去「接近」那位偉人的生活、歷史與心靈。這才是眞正有意義的紀念。

五十七年六月九日

近代日本總合年表

人生中發生的事件，有時候比小說家的想像更富於戲劇性；所以，讀歷史是很有趣味的事。但是，讀一般的史書，往往說某一件事便只是某一件事，彷彿在那個時期，與那件大事無關的或在那件大事以外的一切人、物、事都不存在似的，這是不足以反映歷史之全貌的。歷史絕不止於是一條線，光看那一條線，將無法把握史實的眞相。

我希望看到一種出版物，能夠告訴讀者在某一個時候同時發生的事情，不僅是政治上的大事，還有其他方面的大事。必如此綜合地觀察，才能更眞確地瞭解歷史人物的思想言行，也才能瞭解歷史發展的眞相與原因。

最近，東京岩波書店出版了一部「近代日本總合年表」。即是用表的方式，臚列各種大事，使讀者能據以考查某年某月某日的日本，當時最重大的事情是甚麼，一目可以瞭然。

十九世紀前半期的日本，實行所謂「鎖國主義」，直到一八五三年（卽日本的嘉永六年），美國的柏里提督率艦叩關，打開了日本閉關自守的局面。十五年之後便有「明治維新」的運動出現。從一八五三年到現在的一百多年間，日本經歷了空前的劇變——他們自稱爲「激動期」。這部總合年表就是將柏里率艦訪日以後的近代史，用分類的表格化的方式去整理、去表現。

這部年表「工程」甚大，編輯委員有勝本淸一郞、西田長壽、遠山茂樹、星野芳郞等十五人，執筆者則將近百人。他們經過三年半的計劃與準備，二百多次的集會研討，才告完成。

年表的編列，當然依時間的次序。內容則分爲六大部門，卽：（一）政治，（二）經濟、產業、技術，（三）社會，（四）學術、敎育、思想，（五）藝術，（六）國外。六大部門都在同一表格的形式裡，只要查到年月日，就可以查到當時這六大部門中所發生的大事，事實上，這六大部門也就概括了具有歷史性意義的一切活動。

他們編輯的方法，是先由工作人員提出「候選項目」，共有十萬項之多，然後再逐次開會商討，有的删除，有的歸併，有的加强，最後選定三萬餘項。編輯與執筆者所提供的候選項目，都是根據當時的官書、報紙、雜誌或研究報告而來；凡事有可疑者，則併存異說。每條大事後都註明出典，這是過去一般編印年表所沒有做過的。

年表按時間繫事，所以當然要有總索引，以與本表對照參考。這本總合年表的索引工作做得相當詳密，此在參考工具類尤屬切要之舉，值得我們的出版界取法。

這部年表中，每年大事約佔四頁，全書五五二頁，定價日幣三千八百元。我們過去也曾有過同性質的出版物，惜乎做得無此精密明確，使用的價值就有限了。總要有一些人肯認眞地下一些硬工夫，不怕煩瑣，才能使讀書人大家受惠。

五十七年十二月二十二日

超越自我

最近讀到一本關於漢明威的回憶錄，作者郝欽納（A. E. Hotchner）對於這位逝世已經七年的大文豪，有頗爲生動的記載。郝欽納於一九四八年去訪問當時旅居古巴的漢明威，由是而訂交，而無話不談。

世人皆知漢明威是一個外向型的人物，他上火線多次，結婚多次，因採訪、作戰、打獵、旅行而負傷歷險者亦多次，他的一生是多彩多姿的。不過，一般人很少知道他對於自己的寫作，是何等矜愼不苟，是何等全神貫注。郝欽納說，漢明威對寫作的專心，乃是他性格中最最重要的一面。

漢明威曾說過，「你需要專心工作，正如同奉上帝聖召而工作的神職人員們一樣。」當他在着手寫一本書的時候，總是把全部精神都投注在裡邊；每天寫作既畢，他都要小心翼翼計算當日所寫的字數，記入一本記事簿裡去。

他曾告訴郝欽納說，「在我一生之中，每次旭日初昇的景象我都看到了。我起身甚早，起來之後就來重讀並修改我頭一天剛剛寫好的東西。一本書的原稿我總要那樣讀讀改改幾百遍，將其中文字磨得像鬪牛士的寶劍一樣的鋒銳。譬如『戰地春夢』那本書，光是結尾部份我重寫過三十九次，校樣又改了三十次，只爲求做到正確無誤。」這樣一絲不苟，傾注心力，以求盡美盡善的創作態度，不僅是一個偉大作家不可或缺的條件，其實也是任何一個成功人物應具備的條件。將同一作品修改三十九次再加三十次，在別人看來未免乏味之至，但也正因爲他能够不憚其煩，才使世人能讀到那樣洗鍊而强有力的作品。

郝欽納引述漢明威在接受諾貝爾獎金時的講詞，含義更爲深長。漢明威說，「對於一個眞正的作家，每一本書都應是一番新的開始，他應該試求達到一些似乎不可企及的目標。他應該一直去追求別人不曾嘗試過、或者有人追求而却失敗了的目標。由於世間過去已經有了那樣偉大的作家羣，所以一個作家無異受着驅策，要超邁他能够達到的目標，要到達一個沒有任何一個人能够助他一臂之力的地方。」

這些話，漢明威確實在一步步地實踐了。雖然他的作品也並非一本比一本更好，但他那種追求「更上一層樓」的態度，從他的作品中看得出來的。不以現狀爲滿足而去追求更高、更完美的成就，需要極大的勇氣與決心。漢明威曾解釋說，「勇氣是壓力之下的美德。」一個作家所感受的壓力，不僅是世論的毀譽迎拒，也不是出版家的版稅厚薄，而是來自他自己內心深處。他不僅要超越別人，更要超越他自己；從某種意義說，他永遠沒有完成，只有繼續不斷地追求、再追求。

對於寫作的人來說，這不是潑冷水，而是鼓勵，近乎苛求但却具有無上價值的鼓勵，值得我們玩味。

五十七年十一月二十二日

權力的滋味

蘇俄及其東歐附庸於一九六八年八月二十日深夜閃電式進侵捷克，乃是赤裸裸地使用暴力，任憑他有千般狡辯，也無能自解於世界的公論之前。蘇俄爲了摧殘捷克自由化運動，圖窮匕現，終不得不使用武力，我們並不覺得十分意外。令我們感到驚奇的，毋寧倒是小國寡民而又居於四戰之地的捷克，如何會能有此勇氣，自拔於共產的泥淖之外，抗聲而爭取自由。從今年春天一直到俄軍壓境以後，我們看捷克人民——不光是黨政首長——所表現的氣概，便可瞭解到他們的心情，眞眞是「所惡有甚於死者」，共產主義的魔咒，再也騙不過他們了。

捷克人民反共情緒的醞釀，已非一日。小說家穆納谷（Ladislav Mnacko）的近著「權力的滋味」，將這種情緒反映得淋漓盡致。專制的共產制度，就一定會產生獨裁腐化的暴君。

「權力的滋味」以捷克一位「大人物」的喪禮爲經，展開整個的故事，時間大約包括一九四五年至一九六〇年之間的十五個年頭，由德國在捷克建立傀儡政權，到共黨史達林派當權後血腥整肅，以至六〇年代的「解凍」。這「大人物」的姓名始終未講，但作者說明那人的身份乃是一國首長。

書中主要人物，第一是佛蘭克，亦即此書的敍述者。他是死者的密友，也是他的專任攝影師。他們自少年時期就在一起「革命」。他們一塊兒上學校，後來愛上了同一個女人。二次大戰時，他們比肩作戰，抵抗德軍。那個「大人物」對佛蘭克推心置腹，無所不談。佛蘭克眼看他平步青雲，威權日重，成爲數一數二的人物。而他當權的代價，便是腐化與貪汚。佛蘭克的鏡頭把那人的一嗔一喜，全都留下了忠實的紀錄。

第二個人物是死者的遺孀，她原來是他的女秘書，因權宜之計而結合。佛蘭克稱她爲「金髮的婊子」。也有人說，她丈夫後來的失勢垮台，全是由於她的緣故。

還有一個女人瑪格麗特，那大人物的前妻。過去她被人遺忘，因爲她對於那個大人物的職位與生活都沒有任何點綴的作用。

作者寫得很多的是那「大人物」生前的對手蓋洛維契，此人爲死者在世時頗爲畏忌的角色。他們都信奉同一原則，「在政治生活中是無所謂友誼的」。他已經接替了死者的遺職，並被推選出來在最後喪禮中代表全體親友致悼念詞。

作者透過佛蘭克的「視點」來寫那個「黨國柱石」腐化墮落的經過。當初，他確曾不避艱危獻身「革命」；而且他眞有領導統御的才能。但當權日久之後，他論調與作風都變了。他常說，「革命就是我，我就是革命」，完全是「朕卽國家」的口氣。而且，他越崇拜權力就越輕視人的價值，不僅對「老同志」多方猜忌，貌合神離，與廣大民衆也形成了對立。作者就是在這個人物身上，寫出了「絕對的權力令人絕對的腐化」的共產制度的本質。穆納谷由此而傳達了天聲人語，反共乃成爲必然。

五十七年八月三十日

紅色漢明威

「權力的滋味」這本小說的作者穆納谷(Ladislav Mnacko)，被公認爲用斯洛伐克語文寫作的首席作家，是捷克乃至東歐各國文壇上的一支大筆。西德的「法朗克福綜合新聞」的批評專欄裡，曾經稱道穆納谷是「紅色的漢明威」。

穆納谷與漢明威是不同的。漢明威畢生未嘗受政治的覊勒，穆納谷則是捷克共產黨中央委員會的一名委員。也正因爲他取得這樣「優異的」地位，才能對於自由化以前的捷克紅朝權貴腐化的生活，獲有深刻獨到的觀察與分析。其中有些關節，眞是「外人未能道也」。

「權力的滋味」原作最先曾以節要的方式，在捷克的「普雷曼」(Plamen) 月刊發表。但發表後未久，就遭捷共當局的干預而中斷，原有出版全書單行本的計劃也隨之擱淺。一九六七年，有一個德文譯本在西德出版。今年春天，英文版也在大西洋兩岸發行。這本書是穆納谷作品中介紹到英語世界的第一本。他過去還有幾部小說，如「死神恩格欽」，「荒街的盡頭」，「延擱了的報告」等，都還沒有譯本。

牛津大學的海華德教授（Max Hayward）是當世研究俄國文學與東歐文學的名家，他爲「權力的滋味」英譯本寫了一篇長序，對穆納谷的寫作技巧和道德勇氣同加推讚。他說，這本書「比俄國及東歐各國前此出版的任何作品，都更爲深入。」他指出，過去的一些同性質的作品，「所寫的都是較爲次要的角色，在整個權力結構中居於較低的地位；穆納谷作品的主角，却是捷克的國家元首……。」在序文的結尾處，海華德說，穆納谷並非一個孤獨的反對派，而是一個「自由的」共產黨員，「一直在爲日趨腐化的共產制度說情辯護。」

穆納谷在不久之前曾對美國新聞界說，「權力的滋味」這本小說裡面的情節都是眞實的。他說，「我們以往一直都深懷自信，自認爲能够善用權力，至少可以比那些被我們打倒被我們奪權了的人高明。結果呢?事實證明我們想錯了。我絕不願單單歸咎於某一個人；我所要譴責的是產生了那種人物的制度。我的書便是以陳述我們的共產制度已經面臨破產爲主題。」

去夏中東之戰爆發，穆納谷因不滿捷共追隨蘇俄，偏袒埃及的納瑟，一怒走國，自動「流亡」到以色列去。就在俄軍進侵捷克前未久，自由化運動如火如荼般進行時，他才回到故國，此後沒有了消息。

一年多之前，穆納谷曾奉派訪問北越，寫過若干戰地通訊，在俄國與東歐各國報章發表。英國反戰的哲學家羅素，曾發起成立一個「調查美國在越南罪行委員會」，與會者以共黨外圍和激烈的左翼份子居多，穆納谷也是其中之一員。如今他自己的祖國正遭異族軍隊的蹂躪，俄軍的種種罪行，皆已目覩身經，若倖能脫過大刼，他一定會將這一段血淚交織的經過寫入小說中來，千秋史筆，我們且拭目以待。

五十七年八月三十一日

血淚文章

尼采曾說，一切文章之中，獨愛以血寫成者。今天鐵幕中知識份子爲了爭取自由、維護人格尊嚴而寫作，正是以血以淚寫文章。

七月中旬傳出消息，蘇俄有一位著名的科學家寫了一篇一萬字的長文，題目是「論進步、和平共存與學術自由」。雖然這篇文章無法在俄國境內任何一家報紙或雜誌上發表，其複印本却已經在作家、科學家和藝術家的圈子中間秘密流傳。這篇文章的主題，是要求在共產主義統治下的蘇俄，能享受到和自由社會中一樣的學術自由。

這篇論文的作者非比尋常，他是蘇俄科學院中的院士，名叫沙哈洛夫（Andrei Sakharov），此人出道甚早，一九五〇年代曾經獲得史達林學術獎金。他在蘇俄學術界之所以受到特別的重視，並能獲得蘇俄黨政方面之「容忍」，是因爲他曾在發展氫彈上有重大的貢獻。這種特殊的身分，使得他敢於言人之所不敢言。

他指責，蘇俄建國五十年來，「舉國心魂，皆遭完全之控制，領導階層似乎對於任何足以引起論辯的暗示都深表畏懼。其實，學術自由與論辯，才是惟一的保證可以用民主化科學化的方法，去研究政治、經濟發展以及文化上的諸多問題。」

自黑魯雪夫倒臺之後，蘇俄對於檢查制度的存廢諱莫如深；在主張「解凍」的後輩之中，亦有人建議放寬檢查制度的。沙哈洛夫却以具體的證據，指出俄國目前不僅有檢查制度的存在，而其執行之嚴酷細密，比之過去並無基本上的差別。他指責檢查制度不僅戕害了俄國文學的靈魂，而且也使得在一切創作領域中的新思想新觀念都爲之窒息枯萎。他要求廢除「格拉弗利特」Glavlit)，亦即統御蘇俄一切出版品的檢查部；他並且要求應該重新制訂比較開明的新聞與出版法令。

除了爲知識份子爭自由之外，沙哈洛夫更批評了蘇俄的內政與外交。他對於丹尼爾與辛雅夫斯基兩位作家被關入奴工營一事，深致譴責。同時他主張，俄國應該「毫不遲疑地」支持捷克的民主改革。雖然他也批評美國之捲入越戰，但他對於蘇俄在中東地區「不負責任地」鼓勵阿拉伯國家對以色列作戰，指責更爲嚴厲。

蘇俄當權者對於沙哈洛夫這一番驚人之譚，照例置之不睬，隻字不提。但是據新近逃到美國的一位俄國作家畢林可夫（Arkady Belinkov）說，俄國知識份子的反共產爭自由的情緒，比過去更爲高漲。

共產極權體制的悲哀卽在此：無論它如何防範壓制，反共產爭自由的怒火永不熄滅，自由的鬪士永不退縮。

五十七年七月二十七日

「狗之心」

蘇俄有一位小說家兼劇作家布加柯夫(Mikhail Bulgakov)，早已於一九四〇年逝世。因爲他以諷刺的筆墨見長，在世之時不爲史魔所容。最近幾年，因爲俄共有所謂「文藝解凍」之說，才准許出版他的遺作，如「主人與瑪格麗嬞」、如「黑雪」，都已在「事隔多年」之後與俄國讀者見面了。但是，他在一九二五年寫過一部小說「狗心」，共黨的文藝官兒們始終不敢讓它出版。此書原稿輾轉運出鐵幕，英譯本由紐約的世界書店出版了，此書薄薄的一四六頁，售價三・九五美元；書中內容完全是透過了所謂「幻想的寫實主義」，諷示共黨社會之反人性。

書中主要情節，是由一位世界聞名的腦部外科手術專家而起。這位樸歐巴岑斯基教授的姓，Preobrazhensky，在俄文中隱含有「變形」的意思。他曾施展了一次奇妙的手術，從一個剛剛嚥氣的演奏三弦琴的藝員身上，將睪丸與腦下垂體割了下來，移殖到一隻狗的身上去。於是牠不但說起人話，變了人形，而且有了人的「性格」。不幸那個藝員生前是個卑鄙齷齪的人，所以牠自然也高尚不起來。牠就與那位教授住在同一所公寓裡，公寓委員會對這位新來的同志卻是十分歡迎。原名「沙立克」的狗變成了「蘇維埃的公民沙立克夫」，牠成了他之後，不但有了各種身分證明文件，而且，除了原來愛欺侮貓的狗性之外，變得和那些「當了家的人民大衆」一模一樣——照作者的描寫，他的幾種特性是：愚頑自用、滿口髒字、心眼兒裡全是損人利己，販賣馬列八股而自鳴得意，成天要喝伏特加老酒，而且特別喜愛花式醜惡、俗不可耐的領帶。那位教授於飽受其擾之後，只好把他麻醉過去，重行一番「狗化」的手術，把令人無法忍受的沙立克夫仍變成了原來的那條狗。

此書的主題，似在表達俄國知識份子的心情；他們對於共產革命曾存有熱烈的期待與幻想，到頭來卻是絕望。站在工農兵前面去革命的知識份子，在體驗到共產統治的殘酷絕情之後，恨不得能夠再一手推翻，恢復其原來的面貌。在俄國寫這樣的書，即使只是爲了自娛，也是十分危險的事。「嘲諷無產階級」是不可宥恕的罪名，一九二五年如此，至今仍是如此。英譯者葛蘭尼(Michael Glenny) 認爲書中那位教授影射的是列寧；評論家大都不以爲然。作者也許故意要寫得十分隱晦以求自保，但他藉了狗的「變形」來批判俄式的革命，用意是十分顯然的。否則的話，這本書爲何不能在莫斯科出版呢？

五十七年七月二十一日

病房與鐵幕

第一次文藝會談已經閉幕多時，該「談」的都已談過，今後，應該是如何將談過的問題和獲致的決議，切切實實地付諸實施。

會談期間一共三天，實際用於開會者不過二十幾個小時。出席的文藝界朋友有三百七十多位，情緒始終甚爲熱烈。我因爲受命提出有關國際文壇概況的報告，佔了大會近一個小時的時間，話說得已經太多。所以，開會期間我沒有發言，而願多聽聽各方先進的高論。

在國際文壇概況的報告中，最後一部份是有關蘇俄與東歐各國文藝界反共運動的近況。很多朋友都認爲，這一類的資料值得多多介紹；因爲，由於這些發展，可見鐵幕中的人心不死，文藝工作者的風骨氣概，絕非共產政權的暴力所能摧折的。對於我們生活在自由天地的文藝界朋友們而言，一可以證明爲了反共產、爭自由而戰，吾道不孤；一可以使少數浸沉於花月風情的小圈子裡的人，對今日的大環境和自己的大責任，有一番新的認識與估價。

蘇俄文學界近年崛起的作家索玆尼欽（Aleksandr Solzhenitsyn），完成了一部小說「癌症病房」，最近由俄國境內偸運到西歐。在五月下旬，已經有兩家雜誌刊出了部份的內容，有一家出版社印行了單行本，另外還有兩種版本也馬上要出來——這種熱潮，卽令在走私出境的俄國作品中，也算是異數。

索玆尼欽本人據說便是一個癌症病患者。這本小說多少有些自傳體的現身說法的意味。主角是俄軍中的一個士兵，曾被囚禁在奴工營中多年，最後害了癌症，被收容在一個死氣沉沉的小診療所中。在這個了無生機的小天地中，都是奄奄一息、坐以待斃的病人。有一個是從事實地調查工作的地質學家，年輕時曾受共黨的毒刑拷打；另外一個是共產政權下的老官僚，過去靠了打小報告出賣親友鄰人，曾過了一陣好日子。作者對於這幾個命中註定、絕無生望的病人，刻意描寫其身體上和靈魂上的痛苦與負擔，藉以做爲史達林死後蘇俄社會生活的象徵。史達林的暴政統治猶如癌症，不僅毒害了人的肉體，抑且毀壞了人的靈魂。索玆尼欽對於蘇俄共黨那一套的詛咒是極爲嚴厲、極爲深刻的。我猜想，其寫法或受到托瑪斯・曼「魔山」的影響。

可笑的是，「癌症病房」一書，不但將風行世界，其手鈔本和私印本，在蘇俄境內輾轉流傳，爲數也已在數千本以上──正如同十年之前爭看巴斯特納克的「齊瓦哥醫生」一樣。大大地轟動，在黑暗之中。

五十七年六月十五日

寶石光

鐵幕以內反共的文學作品，究竟如何偷運到自由世界來的？其間詳情知道的人不多；眞正知道內幕的人，爲了有關各方的安全，當然要學金人之三緘其口。我們現在所能知道的，只是這一類的「走私網」路道，有的是經過華沙到巴黎，有的是經過布加勒斯特繞着圈子到羅馬・西柏林當然也是一個比較容易接頭的地點。在西德的法朗克福郊外，有一家雜誌「寶石光」（Grani），這本雜誌在高度機械化的西德，却仍是用手工排印的，刊期亦不準確。可是內容却頗爲引人注目，因爲其中大部份是當代蘇俄作家的作品。譬如說，巴斯特納克在「齊瓦哥醫生」中的詩，一九五六年就在這本雜誌上發表了；早在那本小說的全文在西歐出版的一年之前。

一九六六年，俄國發生辛雅夫斯基與丹尼爾兩位作家受審案，「寶石光」居然將審判紀錄的副本弄到一份，予以發表，成爲「歷史性」的文件。

俄國有一個參加過共產黨的女記者金茲堡夫人，在集中營裡住了多年之後獲釋，最近寫了一部「旋風中之旅」，震動歐洲文壇。「寶石光」是最早將那本控訴史達林暴政的書摘要發表的刊物。

這雜誌的社長阿爾(Gleb Rar)，佈置了種種的路道，搜求鐵幕中有血有淚有靈魂的文學作品。有時要設法安排西方的旅客與某些俄國作家秘密會晤。有一位英國的演說家布魯克(Gerald Brooke)。就是因爲「攜帶反蘇作品出境之罪」，在莫斯科被捕，判了五年徒刑，至今仍在縲紲之中。

雖然「文藝走私」如此危險，但西歐各國都有出版家在爭取鐵幕內作品的出版。即以索茲尼欽的「癌症病房」而論，出版「寶石光」雜誌的普塞夫公司先得到一份原稿，一面在雜誌上搶先刊出節要，隨後出版了全書，印好的書有些又走私運進了蘇俄。

義大利一位出版家蒙達多利 (Alberto Mondadori) 從俄國得到了這本書後，印行了義文的全譯本，並宣佈他已獲得此書在全世界的版權。

英國的海德出版社也已收到了英文本的「癌症病房」，預定八月一日問世。法國的佩蒂兒・查摩絲嘉夫人過去曾經手辛雅夫斯基等人的作品，這本小說她自然也不漏過，波蘭流亡在巴黎的反共志士辦有一本「文化」雜誌，她手中那一本便將譯成法文交「文化」發表。

自由的心聲，鐵幕關不住，生活在自由天地中的人們，對於我們在大陸上呻吟於共匪暴政之下的作家，應該如何接應，如何協助呢？這是個極迫切的問題。

五十七年六月十六日

「東歐」月刊

最近一個多月以來，捷克與波蘭先後爆發了爭取自由的運動；羣衆的怒吼，暴露了共黨集團內部的五癆七傷，使世人的注意力一時又轉移到東歐地區。

東歐的反共產爭自由的鬪爭，我們當然是百分之百的支持與同情。但可惜最近二十年來，由於東歐各國淪入鐵幕，外交上的交往固然談不到，就是文化與商業上的接觸也完全隔絕，加以東歐人種語文複雜，在臺灣要得到有關東歐的第一手資料，事實上甚爲困難。單靠新聞電訊，又往往浮光掠影，不够深入。

最近讀到一種英文雜誌，名稱就叫「東歐」，是報導與評論兼備的月刊，立場明朗，內容相當紮實。

在紐約，有一個「自由歐洲公司」的機構，董事長爲工業界巨子休士，總經理是名律師李查遜，另有一些社會名流和專家參加。「東歐」便是他們辦的刊物。目前由盛嘉任總編輯，旗下編撰人員有些是來自東歐的流亡知識份子。所以，這本刊物的評論、分析、和報導，都非完全旁觀者的泛泛之論可比。

「東歐」目前已出刊了十七卷，每卷十二期，每册約六十頁，內容有專欄、評論、文藝、時事報導和書評等，附有挿圖和卡通。有些文章是根據東歐各國書刊譯成英文的。譬如一月號中有一篇小說，華高里克「與我兄弟談天」。摘自他的長篇「斧」，那部小說曾獲一九六六年捷克作家協會的創作獎，內容是對於共黨統治下社會生活，生動的刻劃與微妙的諷刺。又如經濟學家卡瑪尼高的論文「走向私人企業的又一步驟」，從目前東歐流行的「代理制度」來說明當地人民爭取自由運動的經濟背景，由此看出共產統治一步步走向崩解的趨勢。而作者所根據的資料與統計，幾乎都是東歐各國報章雜誌上來的。經過他的整理、分析、解說之後，讀者不難獲得比較具體的瞭解。

「東歐」銷行不多，定價偏高，且由海路寄來，時宜性不免稍差。除此等缺點之外，爲認識東歐的現況，這本雜誌是有參考價值的。

五十七年四月五日

福翁兩本新傳

成功是得自百分之一的神來，百分之九十九的汗下。天下事大略如此。譬如文學家吧，下筆萬言，倚馬可待者固然很多；「吟成一個字，撚斷幾根鬚」者正亦復不少。像法國小說家福樓拜Gustave Flaubert 1821—80)，少時聰穎過人，九歲已開始寫作。從一八五一年到五六年之間，他寫了四千頁的原稿，經逐次剪裁刪節，去蕪存菁，剔除全文十分之九；保留下來的四百頁，便是開近代心理小說之先河的「波華荔夫人」。這是福樓拜一生中付印的第一本書，也是使他名垂不朽的一本書。他曾追憶寫作此書過程之艱苦說：「往往塗鴉滿紙，未得一句，我偃臥在榻上，滿心憂煩……此書曾令我身心交瘁者多日。」可見其嘔心瀝血的情形了。

福樓拜相信，一個作家在他自己的作品之中應似上帝一樣無所不在；然又必需不爲讀者所見。他對於鑄字鍊句的要求極爲嚴格，他認爲，文學作品中思想之高下，取決於表現思想的語言。不過，他又說，他並不是一個無血無肉的唯美派。在他的作品裡面，形式與實質從來不是孤立存在的。

福樓拜去世距今八十八年了，世人對他的崇敬依然不衰，文學研究者，也仍將他作爲一個重要的對象。近時就有兩本傳記同時出版，書名都是「福樓拜」，一由英國女作家史塔奇（Enid Starkie）所著，四〇三頁，紐約古寺書店出版，定價八元五角。另一本由哈佛出身的巴特教授B.F. Bart）執筆，塞拉求斯大學出版，七九二頁，定價十六元，兩書作者都曾在法國文學上下過苦工。巴特教授研究福樓拜其人其文足有二十年了。他們循不同途徑，寫同一對象，內容繁簡有別，後者引述福氏自己的作品與書翰較多，是一特色。

兩書有一極有趣的相同之點，他們都指出福樓拜內在性格中相當「女性化」；巴特則更認爲，福樓拜小說中所有的女主角，皆是他自己人格女性化一面的寫照。這話至少有一部份是正確的，因爲福樓拜確曾坦然自道，「波華荔夫人就是我自己。」

五十七年四月一日

歐威爾文集

世間有些人，本無意成爲一個作家，可是因爲寫了幾本書出名之後，別人就認定他是作家，不由分說了。像英國的歐威爾 (George Orwell)，他的「百獸圖」與「一九八四年」是轟動世界的作品；可是，他自己却覺得新聞寫作才是他的「正工」。最近才上市的一部「歐威爾散文、新聞寫作及書翰集」，是由他的太太宋妮雅編定，共四卷，由哈考特・希瑞斯、世界書店出版，定價卅四・八美元。其中包括他的函件、報紙上的每週專欄，戰地採訪的報導等，顯示出他寫作的才華，並不僅在於寫寓言式小說，而更在以卓越的風格，記述他親身的經歷與當時的時事，他是在他那個時代最優秀的新聞記者，一個性格堅強的偉人，恒以信奉眞理自勉，絕不妥協，絕不退讓。

歐威爾於一九〇三年生於印度的孟加拉省，原名布萊爾（Eric Blair）。他的父親是英國駐印度的低級官吏。歐威爾和很多駐外人員的子弟一樣，稍長就乘船回英，接受教育。

歐威爾是一位勤懇的作家，從一九三三到一九四一的八年之間，寫了八本書。他一度參加西班牙內戰，負傷甚重。

從一九四三到四七年，他爲一家社會主義份子辦的「論壇報」寫星期專論。他不相信任何格律森嚴的政治理論。雖然他對這家報紙的言論方針大體表示同意，但當不同意的時候，他馬上就形諸筆墨，公開來辯論一番。歐威爾有點像我國的梁任公，他不僅在是是而非非的時候不惜與師友爭辯，甚至於不惜以「今日之我」對「昨日之我」大張撻伐。

在歐威爾的作品中，愛國主義的精神始終貫注其中。雖然他對於英國保守派政客們的作風極爲不喜，但仍深信英國的生活方式值得保存，值得他爲之獻身。二次大戰期間，他在英國廣播公司的印度組服務。

歐威爾結婚兩次，第一位妻子早逝，宋妮雅是他的繼室。她爲編成這部文集，心力交瘁；她的目的是儘量求眞求實，讓世人由此文集可以瞭解歐威爾是多麼眞誠、坦白、熱情而勇於認錯的人物。譬如說，他早先認爲英國要能打贏大戰，必需實行民主社會主義；因而預言英國將發生一次革命。後來他又發表公開信，把先前的「預言」駁斥得一無是處。他對於自己的不修細行之處也不稍寬假，在他的書齋中有一欄特別的分類：「借而未還的書」。

一九四四年，當「親俄」的狂流泛濫全英之時，歐威爾發表了「先知性」的小說「百獸圖」，用寓言方式對於共產極權的制度痛加針砭。他解釋寫作的動機是，「我要寫……因爲有些謊言我要揭發，有些事實我希望能引起大家的注意，我原始的動機是希望大家能聽一聽我的話。」

歐威爾早年歷經顚沛，健康不佳，一九五〇年逝世時，正是完成了「一九八四年」的第二年，年僅四十六歲。

最近學生書局出版「近代文學譯叢」，有一本歐威爾的「流浪記」（王軼羣譯，一五八頁，十五元），是他生平第一本著作，頗値一讀。

五十七年十一月二日

賽珍珠的「新年」

諾貝爾文學獎從一九〇一年開始頒獎的前三十年間，得獎人幾乎全不出歐洲幾個國家的作家。美國作家中第一個得獎的是路易士（一九三〇年），其後有奧尼爾（一九三六年），賽珍珠（一九三八年），佛克納爾（一九四九年），漢明威（一九五四年），和史坦貝克（一九六三年），六人之中，除了劇作家奧尼爾之外都是小說家。目前仍健在人世者，是賽珍珠與史坦貝克。（按：史坦貝克在本文發表後也已去世。）賽珍珠是惟一的女性，而且她得獎作品「大地」是以中國農村爲背景，所以中國讀者對於她似乎有一種特殊的感情。

出生於一八九二年的賽珍珠女士，今年應是七十六歲了；但她照樣寫作不輟，不斷有新作出版，毫無一般上了年紀的名作家「持盈保泰」的心理。

賽珍珠在東方旅居多年，對於東方人關切甚深。她的作品中，除了「大地」、「分家」等完全以中國爲背景外，「隱藏的花朵」以戰後的日本爲背景，還有一本（是叫「蘆葦」吧？記不清了），是以韓國爲背景。一九五七年的「北京來鴻」寫的是中國大陸淪陷以後的事情。她雖是透過外國人的眼光來看東方，錯誤與膚淺之處在所難免，但她對於東方諸國的愛與同情則時時流露。

最近她又出版了一個長篇：「新年」，由約翰·戴書店出版，定價美金五元九角五分。書的內容又是以東西方互相接觸時所產生的問題爲主。

書中的主角，是住在美國費城的溫特夫婦，先生名叫克利斯汀，是一位州長候選人，新聞界認爲他將來是一個競選總統的「材料」。他的妻子蘿拉則是一位科學家。他們倆相愛相敬，過得非常愉快。惟一的缺憾，是膝下並無兒女。但他們各自忙着自己的事業，也就不以爲意。

突然有一天，克利斯汀接到一封遠方的信，開頭是「親愛的爸爸」，簽名是「金·克利斯汀」。這封信撩起了他十多年前的前塵舊夢，當時他在軍中服役，轉戰於韓國前線。他在緊張、恐懼和極端寂寞的心情下，結識了一個韓國女郎松雅。她使得他忘懷了他自己在入伍前不久剛結過婚。他們生了一個兒子。戰後，他回到美國去。現在，這封來信使他不能不對蘿拉傾訴往事，坦承一切的錯誤。然而，這裡有許許多多的衝突——愛情的衝突，種族的衝突，年齡的衝突，這一切衝突都要由賽珍珠來爲他們解決。

書評家說，這是有關東方與西方之間最爲沉痛深刻的一部小書。題材雖然不新穎了，然而出諸賽珍珠筆下，大匠運斤，不同凡響。有人更說這是她最好的一部著作。

五十七年六月二十日

小說家的遊記

美國小說家密契納 (James A. Michener) 是當今文壇上一支大筆，有人認爲他寫得太多，筆墨太通俗，未免太不「新潮」；可是，事實上從二次大戰的「南太平洋」一直到前幾年的「夏威夷」，都是值得一讀的好書。他曾獲得普利茲小說獎，韓戰期間寫的「土高里之橋」發表在「生活」畫報上；在那之前，「生活」所發表過的小說只有漢明威的「老人與海」。

他是從明白淺顯中見工力的；這也許與他曾經從事新聞寫作有關。他的作品或正如法國詩人魏蘭倫所說的，具有雄辯的效果，「却不帶雄辯的色彩」。

密契納最近又完成一部新書，書名「伊伯里亞：西班牙旅遊回憶」。蘭燈書店出版，八一八頁，定價美金十元。據作者說，「任何人只要是對人生中神祕與浪漫的部份感覺興趣的話，他遲早都不免要弄明白他自己對西班牙的態度如何。」言外之意，西班牙就是人生中神祕與浪漫部份的重要代表了。

這本書如書名所示，不是一本小說，而是作者在過去四十年間斷斷續續與西班牙有關見聞之總結。

密契納本人會講一點西班牙語，但並不流利。他就憑了這「半瓶醋」，到處與西班牙人交談，從農民到貴族，從傳敎士到鬪牛士，都樂意與他做朋友。他曾跑遍西班牙境內每一個重要地區，北起迦太蘭，南到摩爾族居住的邊陲，都曾留下他的遊蹤。

回憶一九三〇年代西班牙內戰時期，佛朗哥將軍起兵，打垮了由共黨操縱的共和政府。當時美國許多左傾的知識份子，都站在與佛朗哥相反的立場。所以一直到二次大戰結束，美國國內始終有一批人暗中在進行詆譭佛朗哥元首的運動。

其實，在戰後的世界中，西班牙固然需要美國的幫忙，美國又何嘗不需要西班牙的合作？北大西洋公約組織成立之初，作戰構想就是希望在蘇俄對西歐發動第一波突擊之時，盟國能够守得住卑利尼斯山防線，以西班牙爲基地展開反攻。卽此亦可見西班牙的重要性了。

近年以來西班牙在工業生產和觀光事業上都有顯著的進步。密契納書中雖也有些批評（像交通太亂，像鬪牛也有黑幕等等），但大體說來是立場公正態度友善的書，應可有助於世人對西班牙的瞭解。

五十七年五月十五日

最後的火炬

羅伯·甘迺迪不幸被刺殞命，顯赫無比的甘氏家族，頻遭橫逆，如今是一門孤寡，只剩下了「么兒」愛德華，成爲最後一名「高擧火炬的人。」

愛德華在弟兄之中排行第四，今年只有三十六歲。論其學識文采，遠不及他的二兄故總統約翰·甘迺迪；論組織才能，則又遠不及三兄羅伯。但是，他不但擁有輝煌姓氏，堂堂儀表，而且工作勤奮，又深自謙抑節制，與羅伯的聲勢凌人、結怨多方者迥乎不同。無論在國會內外和民主黨各級黨部之中，愛德華的人望都比羅伯爲佳。當他的兩個哥哥都還在世之時，就有政治觀察家預言，如果甘氏弟兄還能再出一位總統的話，愛德華的希望遠較羅伯爲濃。

愛德華一九六二年當選蔴州參議員，補乃兄未了的任期。六四年重選之前，他突以飛機失事跌斷了脊樑骨。美國報界說他是「唯一躺在床上就能順利當選的候選人。」自入參院以來，他並未提出過重要的法案，連在議場發言也十分矜愼。可是他的「出席率」遠勝過兩位兄長，老一輩的政界人物對他這種負責的態度皆甚爲讚賞，詹森總統對他的厚重作風，也頗加青眼。

愛德華的政治思想，趨向於穩健一派。他今年有一本書問世，曰「決策十年間」，由紐約雙日書店出版，定價美金四元九角五分。此書副題是：「一九七〇年代的政策與施政計劃。」

愛德華在書中指出，到一九七六年，美國開國將屆滿兩百年。美國人民在未來的十年之間，應該加倍的努力，「做出一些值得慶祝的成就來。」

他檢討過去美國的若干缺點：「在蘇俄發射第一顆人造衞星之前，我們對於由聯邦補助各中小學校的事毫不認眞。」「我們將各大城中貧民窟的慘象置諸腦後，直到貧民窟裡的人們來提醒我們——用火焰和槍。」「我們現在進行越戰的方式，是在毀滅那些我們本意要加以保護的人民。」

愛德華在書中提出當前的許多問題，同時也提供了若干解決的辦法。據爲他這本書作序的前駐俄大使肯南說，愛德華所提的問題都頗有見識；而他所建議的辦法，「不僅是出於負責的態度，而且都是切實可行的……值得深切注意。」

外間猜測，愛德華可能步乃兄之後塵，競選民主黨的總統提名；也有人推測他可能與韓福瑞攜手對抗共和黨的挑戰。按照美國憲法，總統候選人的年齡必須滿三十五歲，他才剛剛「及格」，大可以稍安毋躁，憑他自己的努力與「甘迺迪」家族悲劇性的魅力，十年之間，逐鹿白宮，他的政治資本是十分雄厚的。

五十七年六月十三日

在野的文章

世人往往有種誤解，認爲一個人官爵高了，道德文章也就跟着高了起來。事實大未必然。道德如何姑且不談，單以文章而論，居官守的人常有種種不得已的苦衷，知而不能言，言而不能盡，這種禁忌中外都是差不多的。

美國原任駐聯合國常任代表高德柏已經掛冠而去，詹森總統發表的繼任人選是鮑爾（George W. Ball），此人現年五十八歲，是一有名的律師，過去曾與敷度爲民主黨總統候選人的史蒂文生合夥開業。甘迺迪政府一九六一年組成時，鮑爾被延攬出任助理國務卿。詹森入主白宮之後，他又幹了兩年，於一九六六年辭職，轉任李門兄弟國際公司的董事長，這家公司的業務是國際投資。所以鮑爾雖然離開官場，但對於國際問題的研究，則從來不曾放鬆過。而且，由於「無官一身輕」，他可以坦然發表對時局、對外交政策，乃至對世界前途的看法與主張。

華府官場中都瞭解，鮑爾對於美國的越南政策，一向不甚贊同。他兩年前的堅決求去，與這種態度有關。論者認爲詹森總統此時徵召他來擔任聯合國首席代表，除了人的因素之外，更在表現美國以及總統個人追求和平的誠意。

外交圈子裡傳說，由於高德柏一再表示倦勤，而且一再透過新聞界公開其「幹不下去」的苦悶，頗爲詹森總統所不諒。所以詹森在宣布高德柏辭職的談話之中，並無片語隻字的褒獎慰勉。又傳說，高德柏的繼任人選本已內定爲出席「美洲國家組織」的代表林諾威玆；後來突然「爆」出了鮑爾，大家都有些意外。有人猜測，鮑爾的新命是出於韓福瑞副總統的力薦，也有人說是緣於鮑爾自己的一篇文章。

鮑爾近年完成一本新書曰「强權的紀律」，原定五月間由大西洋李度勃朗書店出版（這書店名字眞有這麼長）。「生活」畫報因鑒於此書內容頗具啓發性，乃商獲作者同意在四月中旬先行擷取全書大要，發表了二萬餘言，頗引起各方注目。

鮑爾在那篇文章中，論斷越戰結束以後的天下大勢，認爲今後美俄爭霸之局將起變化，美國不能再承擔「全球性警察」的任務，而需致力於建立一個新的世界體系，即所謂「三個半强權」。

甘迺迪曾因賴士和在「外交」季刊一篇論文而任命他出使日本，詹森看中了鮑爾的這套新觀念，亦不無可能。但是，鮑爾之所以能暢所欲言，還是由於他當時是在野之身；如今重入仕途之後就反而不能這樣隨便了。如此看來，文章恐怕還是「在野的」要高明一些。

五十七年五月十七日

三個半强權

五十七年五月十七日鮑爾論天下大勢，認爲自一九四五年以來美俄兩强對峙之局行將結束，代之而起的是「三個半强權」的新的世界體系。

據他分析，强權的規模隨時代而變易。在亞歷山大大帝時代，擐甲執戈之士不過三萬人，便可以震撼了半個文明世界。羅馬帝國的公民總共不過兩百五十萬人，却統治了列邦子民五千萬之衆。遲至一九四零年代，希特勒憑德國七千萬的人口，就能使歐洲糜爛，全球震恐。可是，二次大戰之後，由於核子武器的發展，使得强權的標準大爲提高。

今之强權，照鮑爾所定的標準，人口不得少於兩億，而且是生活在「富有結合力」的社會中；國民總收入不得少於每年三千億美元。他所謂三個半强權，卽指美國，蘇俄，統一起來的歐洲，以及「半個」的日本。

鮑爾講得最多也最爲著力的，是歐洲必須聯合起來。照現在這樣許多「中型」國家，互相敵對，是絕不足以有爲的。過去，歐洲國家拜殖民地主義之賜，以寡馭衆，獲利無算。二次大戰以後的反殖民地主義風起雲湧，使得若干歐洲國家不僅經濟上無以自足，心理上的打擊尤爲沉重，到現在「還不曉得他們的國家應該走甚麼路子。」

他全力鼓吹歐洲（不僅是西歐）的聯合與統一。他强調說德國的東西分裂是歐洲最大的危機，而照目前情況，西德六千萬人，東德一千七百萬人，談統一是很難的。可是，如果整個歐洲渾成一體，東德因爲不怕被另一半「併吞」，也許反而可以接受。

他說，二十世紀歐洲所採取最重大的一個措施，便是建立了共同市場，這是統一之局的雛型。他不客氣地指責戴高樂的偏狹自大，「觀念落後了三百年。」

說到共匪，他說，中國大陸上的七億人口，「不是資產而是負債，」因爲他們缺乏生產的工具與能力，一時還不够挑動大戰的資格。

「三個半强權」的主要論點，是說兩强對立，任何一件事都可能引起全面的危機；强權多了幾個之後，互爲牽掣，互相影響，世界局勢也許反而可以不那麼緊張了。

我個人不同意鮑爾的見地，「强權政治」儘管合乎現實，畢竟太缺乏理想色彩，因此也就缺乏號召力。不過，它仍不失爲有吸引力的一種說法。

在當今之世，「某些」國家會聽得進去的，所以要在此簡單地加以介紹。

五十七年五月十八日

小店大人物

美國共和黨已於八月初在邁阿密推出尼克森爲總統候選人。尼克森預言，民主黨的候選人將是現任副總統韓福瑞。看來今年十一月大選，將是兩位副總統爭奪白宮。

幹了四年副總統之後的韓福瑞，可以說是名滿天下的人物。不過，最近有一本新書出版，對他大大不利。這本書的作者是薛瑞爾 (Robert Sherrill) 與恩斯特(Harry W. Ernst)，書名「藥店裡的自由派」，葛魯斯曼書店出版，二百頁，定價美金四·九五元。美國人所謂之「藥店」(drugstore) 有點像我們北方人所謂「雜貨舖」，甚麼都有一點。韓福瑞歷代以經營藥店爲業，作者以此爲題，倒並不是要揭他的底——美國人是「好漢不怕出身低」的，而是一語雙關，表示他這「自由派」的招牌駁雜不純。

薛瑞爾是「民族」雜誌駐華府特派員，也是本書的主要作者（全書九章，有六章是出自他的手筆）。據他說，此書原定由麥格魯奚爾公司出版。後因政府某大員打電話關照說，「薛瑞爾這個人危險得很哪，」公司就把合約取消了。麥格魯奚爾公司方面當然不承認這個說法。他們說，此書內容令人失望，不値得出了。另外有人說，這家公司正爭取出版詹森總統的「言論選集」和「回憶錄」，如是則自然不願出版於詹森政府不利的作品。

薛瑞爾這本書，寫得生動流暢，是一本很有趣味的以政壇事件和人物爲經緯的新聞性書籍。不過，作者對韓福瑞成見頗深，有些地方的求全責備，毋乃過苛。

韓福瑞在出任副總統之前，是參議院中的所謂「自由派」中的大將。可是薛瑞爾却說他優柔寡斷，而又時時多變，「彷彿永遠不能長大成人似的。」薛瑞爾自認很喜歡他這個人，但却不相信他能成爲一個强有力的政治力量。明尼蘇達州早年有一個農工黨，韓福瑞亦曾加入，因此予人以「中間偏左」的印象。薛瑞爾說，「其實，韓福瑞是被當地權勢人物用爲工具，免得農工黨過分的激烈化。」又說，韓福瑞在投身政壇之初，差一點就加入了共和黨。

在國會中，韓福瑞若干擧措頗難自圓其說。他一面倡導國際裁軍，同時支持龐大的軍事預算。一面支持通過一項並非實際可行的法律去取締共產黨，同時又呼籲「瞭解並援助」古巴的卡斯楚政權。一九五〇年，他反對美國協助越南的保大政府抗共。一九五一年，他說美國踏上亞洲戰場，無異落入蘇俄的陷阱，乃是「政治愚蠢，民族自殺。」可是，服公職之後，對於越戰惟有支持打到底了。

韓福瑞競選所遭遇的一個難題，是對於現政府的一切作爲，無法不挺身辯護，但心理上不無希望與詹森總統保持相當的距離。可是，薛瑞爾書中指出，詹森總統早年見到韓福瑞之後曾說過，「我希望我能做那個小伙子的教官。」詹森要用他與北方的自由派聯絡。所以，薛瑞爾說，他們二位「實是一體之兩面，並無多少分別。」他更說，韓福瑞其人並非不負責任的僞君子，但「毛病是他的性格太不穩定，老想要處處討好，面面俱到。」這些話如果確有來歷的話，就要影響韓福瑞的選票了。

五十七年八月十六日

妙文落後

五十七年八月十六日

剛剛讀完「星期六晚郵」週刊的一篇妙文，全文洋洋灑灑近三萬言，寫的是今年美國大選。由競選過程中的縱橫捭闔，到兩黨的全代大會提名，以至十一月間的投票，明年一月二十日的就職典禮，全都寫出來了——可以說是一篇很有趣味而且應時當令的「新聞體」小說。

本文的題目是「一九六八年總統之挑選」，作者是紐約時報駐華府的政治專欄作家貝克爾 Russell Baker)，貝克爾的專欄以詼諧諷刺出名。他這篇文章是受「晚郵」敦請而寫，筆法完全仿照我前次介紹過的白修德「一九六〇年總統之產生」而寫；不同的是：白修德是一板一眼的新聞報導和分析，貝克爾則是用寫小說的方法，憑想像寫出一樁「似乎可能」的歷史事件來。

照他的描寫，共和黨中三雄鼎立，尼克森、洛克菲勒和加州州長李根互不相下。尼克森要拉李根聯合，李根藉他的太太「野心太大」不甘居人下而推辭。尼克森爲阻洛克菲勒出頭，與各方緊急協商，推出了「新血」紐約市長林賽爲總統候選人；副總統候選人則是德州參議員保守派的陶爾。如果他們當選，密西根州長羅穆尼將出任國防部長；財政部長的人選，賓克遜參議員將保有否決權；而尼克森本人則將出任國務卿。

民主黨方面呢，詹森請韓福瑞轉任「比副總統更重要的」國務卿，以羅伯・甘迺迪作他的競選伙伴。作者藉口報界評論對此詼諧了一番：「如果他們當選，詹森第一道人事任命，一定是一個替他品嘗飲食的人。」意思是說要謹防下毒。

此文精彩還在後半段。開票之後，詹森與林賽各得三千四百餘萬票，普選票與選舉人票都沒有超過半數，照憲法規定，應由新選出的衆議院在參加大選的三個候選人（還有一個是南方的華萊士）中投票。可是，衆院投票以州爲單位，投票多次仍然無人過半數而形成僵局。於是再由參議院投票選舉副總統；參院投票是以議員爲單位，其中有五十九位議員是民主黨，於是羅伯・甘迺迪當選了副總統；三天之後，閃電式地代行了總統職權。作者筆下皮裡陽秋，小甘頗有「篡位」的味道。

此文三月九日發表，剛剛到達臺北。文中穿插有「集錦式」的照片，小甘居然已在大法官華倫面前作宣誓就職狀，貝克爾的文筆流暢，揣摩獨到。可惜他的想像力趕不上事實的發展。詹森的引退與金恩的被刺，都使得歷史比小說更爲戲劇化。世事變幻，白雲蒼狗，小說家之言亦有時而窮了！

五十七年四月二十一日

【後記】政治風雲，變化莫測，此文發表後又發生了羅伯•甘迺迪被刺事件，不僅出乎貝克爾的意料之外，就是全世界的觀察家也都無法料到的。由是亦可見世事變幻之無常了。

果有所本

美國小說家尤瑞斯 (Leon Uris) 去年出版的「黃玉」，至今仍是暢銷書；其中寫到一九六二年發生古巴飛彈危機時，在法國總統側近，有一名蘇俄的高級間諜。書中的法國總統雖然另有其人，但一望而知就是戴高樂。外交界人士都把這本書當做茶餘酒後的話題；大家認爲書中人物雖然有所本，情節則恐怕是出於作者的想像。然而不然。

今年四月下旬，在「生活」畫報和倫敦「星期泰晤士報」上，同時出現了一篇驚人的文章，作者戴華索里，是法國由一九五〇到六三年間派在華府駐美大使館的情報首長。這篇文章透露了某一投奔西方的蘇俄間諜自白中的內容。法方給這個俄國人一個代號叫他「戰鎚」。由於「戰鎚」的合作，使得兩百名俄國派在西方國家的特工人員都暴露了身份。他並且指證——

△在戴高樂總統高級幕僚人員中，有蘇俄間諜滲入。

△法國政府中至少有五個部，包括最「敏感」的國防部與外交部在內，都有俄方間諜打入。

△有一個俄方給予代號「藍寶石」的特務，已經潛伏在負責防諜保密的法國保防部(SDECE)組織之中。

△北大西洋公約組織的任何機密情報，俄方人員都可以在兩天之內弄到手，保證三天之內送達莫斯科。

美國總統甘迺迪曾於一九六二年以親筆函件給戴高樂，提醒他多加小心。結果法方在保防部中查出一個叫巴奎斯的高級官員替俄方幹情報，打入監牢去了。但是，除此之外，法方沒有再採取其他行動。戴華索里當時以駐美情報首長身分，也曾一再向國內追查，可是都被他的上級以「家醜不可外揚」的理由壓了下來。後來，巴黎方面反而下令，要他在美國發展情報網，搜集核子武器和洲際飛彈的祕密，他認爲這是違乎情理的命令。同時，又因爲他曾協助美國發現了俄製攻勢飛彈偷偷運進古巴，巴黎方面竟把他申斥了一番，他就一怒掛冠而去。

戴華索里解官之後，並未離開美國，目前他卜居在與古巴遙遙相望的佛羅里達州。據說，當小說家尤瑞斯某次前往墨西哥旅行時，戴華索里曾與他結伴同遊。「黃玉」的素材是否由他提供，內容是否有確實的根據，似乎也不必探問了。

五十七年五月十三日

「對談」創刊

官辦出版物不容易，官辦出版物而以外國知識份子爲對象尤其難辦。最近收到美國新聞總署剛剛創刊的「對談」(Dialogue)季刊第一期，展讀之餘，覺得大有可觀；尤其是從封面到內容，了無官場中的烟火氣，既不以魯斯克國務卿的玉照做封面，也沒有新聞總署署長的「全文如下」，都令人有一種清新的感覺。我們政府機構中主持出版物的朋友們（以及他們的上司們），都無妨觀摩一番。

「對談」創刊號，約十六開本，一二八頁，裝幀古樸典雅，編印俱頗考究。封裡有一段小語，聲明這本季刊是反映與分析美國當前知識界與文化界的諸般趣味。「各篇文章的內容，都是各該作者的主張，並不反映美國政府的觀點與政策。」主編人是葛立克 (Nathan Glick)，有一位助編趙女士，看名字頗像中國人。

葛立克在「告讀者書」中說明，這本季刊的對象，是「知識界的公衆」；內容則著重於介紹新的觀念、社會問題、文學和藝術。他說明，他不敢期望讀者同意每一篇文章的意見，因爲在作者與作者之間，乃至作者與編者之間，觀點也並不一致。但希望能由這本刊物激發新的看法，誘導出討論和對談的熱情。

「對談」每期都將有一組特稿，討論某一重大問題。第一期的專題是「大學中的騷動」，主要執筆者是前任加州大學校長柯爾博士，他自己便是被左翼學生鬧事而吵垮了的。另外還有由學生和年輕的教師所寫的文章，觀點的確各自不同。

開卷之作，是哈佛的經濟學教授、前駐印度大使蓋布瑞斯的長文「發展中國家的三種典型」；其次是哥倫比亞的社會學教授貝爾博士的「公元二千年」；美國學術界爲了迎接二千年的來臨，邀集各方學人成立了一個「公元二千年委員會」，由貝爾擔任主席。這篇文章卽在探討到了二千年時人類可能遭遇到的許多問題，附帶也解說了他那個委員會的任務與工作目的。

我認爲特別值得注意的，乃是這本季刊用在文學藝術方面份量，大概總有三分之一的篇幅。其中如訪問小說家史泰隆（William Styron），便是很有意思的作品，史氏所著以黑白衝突爲背景的歷史小說「杜納之自白」，是近一年來最暢銷的書。

全册用了廿四頁的篇幅，分門別類評介新書。其中最後的八頁，是「新書簡介」，雖然每一篇書評的筆墨無多，但在去取之間，頗見分寸。有此一册，的確彷彿有與美國知識界聚首對談之樂。我覺得，「復興中華文化」的工作要向國外推展的話，「對談」的作法是可以參考的。

五十七年七月二十六日

英雄時勢

古稀高齡猶能著述不輟，是很令人敬佩的事；尤其當這樣的高齡學者以「夫妻檔」姿態出現時，更足以令人豔羨。美國史學家杜蘭夫婦便是這樣一對理想的伴侶，杜蘭先生(Will Durant)現年八十二歲，杜蘭太太（Ariel Durant）也已七十歲了。他們合著的「文明的故事」十大卷，乃是一部深入淺出的世界文明史，姑不論其史才史識如何，單是四十年間研究的工夫，鍥而不舍，終底於成，就是很了不起的。

在「文明的故事」最後一卷去年出版時，他們曾預告還要寫一本書，說明他們治史的觀感與總結。這本書現已由西蒙・舒斯特書店出版，名爲「歷史的教訓」，一一七頁，定價美金五元。

在此書中，他們並未以博學全知自命；相反地，他們坦然承認所有的史學家對於歷史的全貌，都祇有部份的知識。他們說：「絕大多數的歷史都是猜測，剩下來的便是偏見。」

不過，在猜測與摸索之中，杜蘭夫婦也獲得了若干結論。其中最重要的一個結論是：創造文明的，是人，不是人的環境。他們反覆申說，歷史上有許多實例，都證明卽使在最艱難的環境之中，人類仍可以戡天役物，征服自然，創造出燦爛的文化來。時勢是英雄造出來的。

杜蘭夫婦在寫下了幾千年人類文明發展變遷的經過之後說，他們認為人類基本的性情自史前時代到今天，並沒有甚麼變化。「所有技術上的進步，都可以說是用新的方法去達成老的目標。」所謂老目標，包括財貨的取得，異性的追求，克服困難，贏得戰爭等等。

他們認為，現代生活雖然混亂繁瑣，危機重重，但人類畢竟是進步的。人已相當克服了以前的無知、迷信、暴烈、與疾病。現代人所得到的文明遺產之豐富，為往古前朝任何時代皆所不及。我們的文明遺產中，「比達文西時代更為豐富，因為其中包括了他以及整個的義大利文藝復興運動；比福祿泰爾的時代也更為豐富，因為其中包蘊了整個的法國啓蒙運動。」

對於人類前途的展望，他們也是十分樂觀的。人的旅程猶如登山，他們深信未來的進步還要勝過今日。「這並不是因為我們一生下來就比從前的嬰孩更健康、更好、更聰明，而是因為我們生來便繼承了遠為豐富的文化遺產。我們生在一個較高水平的基礎之上，歷代累積的知識與藝術都是支持我們存在的礎石。」這也正如牛頓所說過的話，「如果我曾經比普通人看得稍遠一點，那是由於我是站在巨人們的肩頭上。」

我們生於一個比過去任何時代更高更遠更豐富的時代，在我們的足下，是千千萬萬個歷史巨人的肩頭。創造新的時勢，我們這一代人實有更多的機會成為英雄。

五十七年八月十八日

凱旋與混亂

一個久經戰亂的新聞記者，在歷盡滄桑憂患之餘，寫一本回憶錄，一定大有可觀。曾經贏得普利玆獎金的美國名記者穆爾（Edgar A. Mowrer）最近發表的「凱旋與混亂」就是這樣的一本書。

現已七十六歲高齡的穆爾，青年時畢業於密西根大學，然後就前往巴黎，滿心要做一個詩人，或至少也要在文藝圈中打出一番江山來。不幸第一次大戰爆發了。當時，他的哥哥保羅．穆爾，是「芝加哥每日新聞」巴黎分社的主任。於是，他就臨時被拉差趕往前線，報導德軍破壞中立，閃擊比利時的情況。

在第一次大戰之後，世人都盼望能夠重建秩序，安享和平，不幸法西斯主義却乘了戰後的混亂而崛起。有一天早晨，穆爾在義大利米蘭的火車站上，面對着羣衆喧鬧紛擾的局面下，邂逅一位報館的主筆，從一九一五年他就認識那個人，原來那人就是日後聲勢赫赫的「黑衣首相」墨索里尼。墨索里尼大言不慚地說，「我現在要到羅馬去，建立一個法西斯政權。」穆爾當時並未置意，信口而出，道了一聲「恭喜」，就上了火車。

可是，過了不久，穆爾就瞭解到所謂法西斯主義，「乃是國家主義與社會主義的混合體，其中包含了那兩種主義的壞處。」他當卽看出，法西斯主義是無法用訴諸理性、人道或對道德力量的信仰來節制的。他說，要想制止法西斯主義的蔓延，惟有保有一種比它更強大的實力，而且要隨時準備使用這種實力才行。

一九三三年三月，穆爾奉調柏林。他報導在希特勒的納粹黨控制之下，「德國簡直成了一座神經病院，」可惜當時並沒有多少人相信他的話。由於他對於希特勒政權的作風不斷揭發與批評，使他成爲被「驅逐出境」的第一個美國新聞記者。希特勒的寵臣「宣傳部長」戈貝爾，在一九三〇年之前尙未得勢之時，曾向穆爾申請擔任助手的工作機會，但在貴爲部長之後，對穆爾的仗義執言，時時恨不得「得之而甘心」。戈貝爾在某次受到穆爾在通訊中受到責難之後，氣得牙癢癢地說，他恨不得調出一整師部隊，去把穆爾生擒歸案。

穆爾一路與暴政爲敵，不僅是希特勒、墨索里尼、史達林等都是他的敵人，甚至美國人之中也有些人討厭他，名流顯宦如駐英大使老甘廼廸（甘廼廸總統的父親），如國務卿赫爾，都嫌他多事。所以，穆爾曾很感慨地說，他的反德宣傳戰乃是一場令人精疲力盡的鬪爭，「我絕對不會打勝仗的；可是，由於自尊心，我又絕不能在中途放棄，一管也不管。」

兩次世界大戰，民主國家陣營都打了勝仗；但戰後却又種下了新的混亂的種子。穆爾回顧世事悠悠，有無窮的感慨。我們從後一半的混亂中活過來，更有無盡的酸辛。

五十七年八月二十三日

西方的鴉片

穆爾的「凱旋與混亂」，非僅是一個新聞記者的回憶錄，也是當代歷史的縮影。這裡面有兩次大戰的骨山血海，砲火連天，更有希特勒的集中營，史達林的大整肅。他在眼底閱盡興亡之後，由反對法西斯主義進而反對一切獨裁暴政；所以，在二次大戰之後的冷戰期間，便成為新聞陣線上一個堅强的反共鬪士。

他主張，惟有採取堅强的立場，並不惜以武力為後盾，才是和平與自由的最佳保證。他在一九三〇年代描寫納粹德國的種種暴政，許多美國出版物，譬如「民族」雜誌，都認為「頗多不便」而婉言退稿。到了一九六〇年代，也惟有立場趨向保守穩健的「讀者文摘」和「民族評論」樂於發表他對於「和平共存」的宏論。穆爾認為，所謂和平共存云云，「乃是西方世界的鴉片」。

眞是一針見血的快語。

穆爾根據他過去的經驗，深恐西方世界由於處處消極，事事被動，會落入共產黨的圈套；結果必更引起更多的戰爭來。他說，到那時，各主權國家之間的和平，「祇是停火而已。」對照二次大戰以後韓戰與越戰引起的情況而言；這種說法並不誇大。

晚年的穆爾，擔任「自由歐洲全國委員會」的顧問。這是一個反共反俄的組織。由許多東歐國家的愛國志士和流亡份子所支持，希望能衝倒鐵幕，規復故土。穆爾有一次向美國的中央情報局建議，可以協助這個組織，在阿爾巴尼亞發動一次奇襲；阿爾巴尼亞國小勢弱，如能取得立足之點，甚有助於反共陣營的聲勢。此議幸未採行，因爲事後發現，這原來是由蘇俄方面佈置的一個陷阱，由他們埋伏在英國情報機構裡面的大特務菲爾比 (Kim Philby，此人目前已經逃到莫斯科去了) 在中間牽針引線，穆爾差一點就落入彀中，可謂險矣。

以目前美國政治空氣與民間心理狀況而言，穆爾所主張的强硬路線，恐怕很難爲朝野各方認眞考慮，切實執行。因爲曾經有過他這樣親身體驗的人，畢竟太少太少了。有人說，他是一條「悲號的狼」，他號叫了五十多年，他的聲音常常是不悅耳的；但是，他所預言的發展，十之八九都不幸而言中了。有人又批評他，由於過分執着於自由的教條，因而「無視核子時代的現實」，換言之，核子時代是不容「寧爲玉碎，不爲瓦全」的；穆爾的爲自由絕不妥協的立場，竟爲某些批評家取笑，並且當作實例：「上一代的經驗，顯然不足以解決我們所面臨的問題。」這種評價是否公平合理呢？希望歷史將來能做最公平的證人——希望歷史的作證不要來得太遲。

「凱旋與混亂」這本書，共四五四頁，魏布萊・塔萊書店出版，定價美金十元。

五十七年八月二十四日

吉川全集

做學問也好，辦事業也好，要能有可觀的成就，首先要有全神貫注，樂此不疲的專業精神。誠能敬虔其事，自然樂在其中，世間的榮辱得失，乃都不值一笑了。

日本有一位著名的漢學家吉川幸次郎，此君以畢生精力與光陰，研究中國文史，斐然有成，在當代日本學人中是一位大家。他的一部全集於四月間開始出版，值得略加介紹。

「吉川幸次郎全集」共爲二十卷，由東京神田町筑摩書房出版。這二十卷的內容，第一、二兩卷爲「中國通說篇」，第三卷「先秦篇」，第四、五兩卷「論語、孔子篇」，第六卷「漢篇」，第七卷「三國六朝篇」，第八、九、十、十一等四卷都是「唐篇」，第十二卷特爲詩聖立一專卷「杜甫篇」，第十三卷「宋篇」，第十四、十五兩卷「元篇」，第十六卷「明、淸、現代篇」，第十七卷「日本篇」，第十八、十九兩卷「雜篇」，最後第二十卷則是全集的「索引」，爲學術性著作所不可少的。全書都是布面精裝，每卷定價略有上下，約爲日幣一千七百圓左右。以此定價，買齊了全集大概在新臺幣三千七百元左右。

日本出版界近年來編印大部頭著作的風氣甚盛，各書店的作法通常大都是先行發表全集各卷的內容，然後逐月出書。出書的次序並不一定按照原編卷數的先後。譬如吉川全集中首先出版的，是第六卷「漢篇」，甫於四月廿一日上市，這一卷的要目有項羽的垓下之歌，漢高祖的大風歌，漢武帝，司馬相如，史傳文學，史記與日本，揚雄，班固的詠史詩，古香爐詩等。想見都是以人物或作品爲中心而寫成的文章，雖以時序先後貫串，但不是普通教科書式的通史或文學史。以「鬪牛」、「獵銃」等小說轟動日本文壇的名作家井上靖，對於吉川推崇備至，稱道他是日本「極少數碩學通儒中之一人」，而這部全集便是學人吉川「全業蹟的俯瞰」。井上本人近年亦着力於東洋文藝的研究。有位在臺大任教的朋友告訴我，他看到井上新發表的有關敦煌的新著，頗有學術氣象。如是則井上形容吉川全集爲「學問之峯」的話，應非外行人的泛詞了。

在中華文化復興運動聲中，泥古復古固然絕對要不得；但是，如何用新的方法去發揚古代的學術文化，仍是十分切要的工作。對此，我們這兒似乎說得太多，做得太少。吉川先生的書至少令這一輩的中國人應該有所感慨；不論他的書將來可能會發現些甚麼缺點，但他這種埋頭苦幹的專一精神，應該是值得我們敬佩的。

五十七年五月十九日

川端獲獎

瑞典首都斯德哥爾摩的消息，一九六八年的諾貝爾文學獎，已經決定頒給日本小說家川端康成。自從諾貝爾獎金設置以來，從一九〇一年到今天，文學獎的得獎人一共有六十三人——東方人前此得獎者祇有一位，卽印度詩聖泰戈爾，但他却是用英文寫作的。由這一個觀點來看的話，川端康成之得獎，實在是很有意義的。

川端氏於明治卅二年六月間出生於大阪市天滿北花町。明治卅二年是西曆一八九九年，也就是十九世紀的最後一年。所以他有時與朋友說笑話，說他喜歡採用西曆，如果能活到二千年的話，他就是整整百歲，豈不方便。

川端康成的父親榮吉，是一位醫師，不幸在他兩歲時去世，次年，他的母親又告病逝。所以他是靠祖父撫養長大的。一祖一孫，住在大阪近郊的豐川村。到了他十六歲那年，祖父也死了。使他成了不折不扣一無所依的孤兒，也許由於少年時期這些悲慘的遭遇，使他的性情偏於內向，而具有敏銳的觀察力與感受力。在中學讀書時，便已瀏覽日本平安朝時期的古典文學如「源氏物語」和「枕草子」等書，同時他自己也嘗試着寫下了「十六歲的日記」，爲其寫作生涯之發端。

後來，他用母氏的遺產得以繼續攻讀，進了東京第一高等學校。二十歲時隨一高師生去風景勝地伊豆半島旅行。以此行見聞寫了一篇小說，未能完成。過了好幾年之後，終於改寫成中篇佳構「伊豆之踊子」。

川端在一高畢業後，入東京帝國大學，曾與學友合力創辦「新思潮」雜誌，與名小說家菊池寬相識。菊池在大正十二年（一九二三年）創辦「文藝春秋」，川端便應邀加入。他寫了許多文藝時評，漸爲人重視。次年他自己創辦「文藝時代」，當時因歐戰結束之後，歐洲的文藝作品大量傳入日本，在文體上與思想上都引起極大的衝激。川端傾心於新的文風，他寫完了「堤中納言物語」的論文，在大學畢業之後，就全心全力從事小說創作。

當時，名評論家千葉龜雄提出了「新感覺派」的名目和理論；這一派別中的主將，即是川端康成、和他的好友橫光利一、中河與一等數人。這時期，川端尤致力於「小小說」的提倡與寫作——日本人所謂「掌之小說」。

他的作品甚豐，從早期及朝日新聞連載的「淺草紅團」之後，到昭和十三年，他四十歲時，改造社出版的「川端康成選集」已有九卷；昭和二十三年新潮社的「川端康成全集」，則有十六卷。

二次大戰之後，他完成了「雪國」，此書斷續寫作歷十二年；由於菊池寬與橫光利一相繼辭世，川端悼念師友，哀痛甚深。

昭和二十四年（一九四九年），開始在「時事讀物別册」上發表「千羽鶴」，又在「改造文藝」上發表「山之音」，到二十七年完成。「千羽鶴」獲得「藝術院賞」，並被公認爲戰後日本文學最偉大的傑作之一。其後，又有「舞姬」、「東京人」、和「京都」等作品發表。

諾貝爾獎金的頒贈，多少有點像聯合國安理會的席次或長堤選美，地域因素是被考慮進去的。前幾年，曾傳「鍵」的作者谷崎潤一郎可能受獎；去年則有青年小說家「金閣寺」的作者三島由紀夫之被提名候選。看來日本作家要得一次諾貝爾獎乃屬定局；川端獲獎，是他一生辛勤寫作的報酬，並非倖致。

外電說，諾貝爾獎贈予川端，是爲獎勵「他描寫之精鍊，此等筆法以高度的敏感，表達了日本心理的特點。」又說他是「日本文學中傳統主義的革新者。他的作品使得日本古典文學自然地延續下去。」這些話，似嫌籠統浮泛。中國人與其透過西方人的讚詞中去求瞭解，何如譯介一些他的作品出來。我們這兒精通日文的高手頗多，希望能有人願意化一番苦功夫，替我們不能直接領略日文原著精妙的讀者服務一番。由是對我們此間的文風或者也能有些好的影響：儘管是「配額」有份，畢竟受獎者還是要有幾分眞工夫的。

五十七年十月二十日

川端潮

今年的諾貝爾文學獎決定贈予日本小說家川端康成。從十月十八日消息發表之後，我們這兒也掀起了一陣「川端熱潮」。諾貝爾獎金除了那七萬美元之外，更爲得獎的作家帶來了新的讀者。

報章雜誌上談論到川端其人其文者不少，先後讀到的不下廿篇。我自己的「川端獲獎」是十月廿日在這一欄發表，當時算是搶得最快的。但同類文章中最好的一篇，則要算「純文學」上鄭清文編譯的「永遠的旅人」，原作者是經川端識拔獎進而成大名的三島由紀夫。「鬼才」三島是在崇仰先進，報答知己的心情下，用文字爲川端畫像。記川端之文而本身亦有文學味道者，以三島之作爲最。

至於川端自己的作品，如今更是應時當令。目前所看到的，已有四家報紙連載他的小說；看樣子將來還會有的。單行本也在爭相出版，譬如「雪國」，就已有三種不同的譯本，在短短的一個月之間上市。過去恐怕沒有過一位外國作家的作品曾在臺灣造成過這樣的「盛況」。

面對這樣的盛況，令人不免憂喜參半。喜的是純文學作品畢竟也還有它的欣賞者，有它的羣衆；憂的是這種「盛況」是在諾貝爾文學獎之後的錦上添花，或如時下愛用的評語——太「一窩蜂」了。

對此，我有兩點意見。其一，大家爭取川端的作品，這是很好的現象。但無論在譯者或在出版者，都應該將商業動機抑至最低，而以「完美如實地將川端的作品譯介出來」爲職責。換句話說，應該求好求精，而無需乎搶快。多出版幾種「急就章」的譯本，於川端的聲名無益而有損；對我們讀者與譯者來說，也同樣是無益而有損。就從報紙上斷斷續續讀來，已經可以體會到川端的東西的確有其了不起的地方，在極平淡之處展露深遠的意境，照我想，譯這樣的作品是「搶」不來的。

其次，我覺得我們的出版界把「趕熱鬧」作爲一種經營業務的常軌，似可不必。川端因爲得了獎，有「生意眼」自不必言；其實，「雪國」是二十年前的作品了，如果大家早一點有系統有計劃去譯當代世界名家作品，又何至於臨時「鑽鍋」，趕成一團呢？據說，今年提名候選諾貝爾文學獎的作家有八十三人之多，除了川端之外，我們還知道誰呢？這八十三位作家之中，難道就再沒有一個人值得一顧嗎？我們不但應該在創作方面自求進步，希望有一天能與世界名家分庭抗禮，同時也應該從譯介方面猛下功夫，使我們與世界文學的主流不至於相去過遠。凡此都是長期工程，宜乎詳為規劃，謀定後動。大家如果祇看眼前一步棋，提倡文學的目標未必能達得到，即從業務觀點而言，又何嘗一定能操勝算呢？

五十七年十一月二十九日

小說中的詩味

川端康成的作品，在我們這兒掀起了一陣熱潮。在日本，當然更是熱鬧。作爲一個「純文學」作家，川端的作品向來享譽甚隆；不過，他却並非「多產」或「暢銷」的那一型作家。對於大衆來說，他的作品毋寧說是稍深了一點，爲愛看熱鬧的人所不喜。

可是，自從十月十八日諾貝爾文學獎爲他所得之後，從讀書人和小說迷，到商店裡的女店員們都在爭相購閱。東京市內各大書店，川端的書成了大熱門，自不必說，就連郊外小鎭山村，也都受到了這一陣衝擊。町田市一家書店，在得到喜訊的當天，一面掛出了「祝賀川端先生榮獲諾貝爾獎」，同時在店中劃出一個「特設コーナー」；日文中的コーナー是外來語，即英文 Corner 的譯音，特設一角專賣川端一個人的作品，每天要賣出七八十本之多。據日本新聞界統計，川端作品自得獎以來，每天在全日本各地要銷售一萬本以上。川端的作品曾先後以單行本、全集和文庫本等三種版式，分別由十五六家出版社印行。現在這些出版機構都爲大量增印他的書而大忙特忙。各地書店函電交馳催添新書，「祇要是川端的作品，隨便什麼都可以。」出版社庫存的書，全都裝上卡車趕運各處，幾乎是隨到隨即銷完了。從這種地方看諾貝爾獎金除了給作家精神榮譽和鉅額獎金之外，更重要的是爲作家「吸引」到千千萬萬新的讀者，如果不是震於諾貝爾獎金的大名，這些「遲來」的讀者可能永遠也不會來的。

川端文筆極細膩，而其構思的細膩更甚於文筆。我從拜讀幾部尙在連載中的作品得到一個印象，他應屬於作家中一個少數派的陣營——偉大，但却不必擁有廣大的讀者。他需要的是知心人，不是羣衆。

川端作品的特色，是淡而遠的詩味，與小說合而爲一。在朱佩蘭女士譯「美麗與哀愁」中有一段大意說：（男主角）大木是東京的人，但他一見到燈火闌珊夜的京都，便有回到了故鄉的感覺。也許是因爲（女主角）音子住在這兒。也許因爲京都本來是日本的故鄉……。

我沒有查舊報，引述的並非原來的譯文，但那種清麗蒼凉的意境，却是讀過一遍之後就不容易忘記的。常常聽人說，小說中的情節譬如花架，小說中的詩味才是花。姹紫嫣紅，花團錦簇當然也是好，但我却獨偏愛這種樸素的內斂的小花，裡面也蘊藏着人生的奮鬥與沉哀。像小說中所說：除夕夜，在蕭蕭古寺中諦聽悠悠的鐘聲，默數逝去的歲月，無哀亦無喜。有此情懷與感應的人，不必太多也不該有太多；所以川端是不必太大衆化的。

諾貝爾獎金無端爲他增加了許多「意外」的讀者，這應如他自己所說，也是一種「負擔」吧。

五十七年十一月三十日

以三島爲例

常常聽到朋友們慨嘆說，我們這兒沒有眞正的文學批評。其實，文學批評亦如文學創作，需要大家的培植呵護，慢慢發展，並非一下子就從天上掉下來的。

批評與創作，是相輔相成的。批評可以「相當地」幫助創作的進步，是沒有問題的。同時，創作如果不能到達某一水平，批評者恐怕是有力無處使，再努力也難望對於一代文風發生怎樣了不起的影響。

日本有一位少壯作家三島由紀夫，今年不過四十四歲，因爲他具有多方面的寫作才能，長短篇小說與戲劇電影，幾乎無所不能，而又無所不精。一九六六年的諾貝爾文學獎，他是被提名的候選人之一。在世界文壇上，被稱爲「日本的漢明威」；在日本，青年男女對他的作品都十分傾服，知識份子也認爲他氣質高華，不同凡響。

最近，日本出版界有兩件事與三島有關。一是東京的「新潮社」出版了三島的全集五大卷，精裝本，每卷日幣四千元。這是他「出世」以來直到今年全部作品的精華。這五卷依序爲：「三島由紀夫戲曲全集」，包括劇作三十六篇。（三島曾說過，「小說是我的妻子，劇本是我的情婦。」）「三島由紀夫評論全集」，包括文學論，演劇論，日記，遊記，以及他自己寫作的祕訣等。「三島由紀夫短篇全集」，包括八十多篇中短篇小說。「三島由紀夫長篇全集」兩卷，每卷各收作品八篇。這五卷全集便是作家三島嘔心瀝血的全部成績。

出版界爲名作家編印全集，在日本已不算是甚麼新奇的事。我要介紹的是另一本出版物，即東京「至文堂」所出版的一種刊物「國文學解釋與鑑賞」，八月號便是「三島由紀夫特集」。其中十三篇文章，全以三島作品的解釋、分析與鑑賞爲內容，執筆者都是批評界的一時之選，如伊藤勝彥「三島由紀夫之思想構造」，三枝康高「三島與日本浪漫派之血緣」，小西甚一「三島文學中的古典垂跡」，尾崎宏次「三島由紀夫之戲曲」，三好郁男「從精神分析看三島文學」等，再加上有海外對三島作品的評價，和「三島作品事典」，與「參考文獻」等，都可以看出他們是如何下功夫致力於文學的「解釋與鑑賞」的。

他們並沒有用「批評」這個字眼，我覺得很好。我認爲解釋與鑑賞的工作，遠比某些專斷偏執的所謂批評更爲有益。不過，像上面介紹的「解釋與鑑賞」，執筆者所費的心力可能不下於原作者三島吧。我們現在固然還沒有一個足以「向國際進軍」的三島由紀夫，同時也少有肯這樣虛心誠意去閱讀別人作品，然後再來寫「解釋與鑑賞」的人。

大家都太「聰明」了，就少有人肯去下「笨」功夫。因此，批評文章卽使有，也是聊備一格者居多。執筆者並沒有以「獅子搏兎」的心情很嚴肅地對待所要評論或解釋的對象，則讀者間反響冷落，也就無足爲異了。

五十七年九月十五日

「奈何天」

淡藍的封面，有一點森冷的意趣，奈何天。不算是很偉大的作品，也許。但我喜歡它那種蒼涼的筆致與作者沉鬱的心情。一種緊張之下的從容不迫。絕望，但仍懷着希望，雖死猶生，雖弱仍强。

所以我將它譯了出來，連載過，如今出了單行本。

作者雷馬克（Erich M. Remarque）是當代第一流的小說家。四十年前出版的「西線無戰事」，曾被譯爲二十九種文字，售出四五百萬册。文學界認爲是寫第一次世界大戰最好的一本小說，享名至今不衰。

雷馬克原籍德國，但自一九三二年感於國事日非，自動流放國外；希特勒當政以後，對於悲天憫人爲懷的雷馬克不能容忍；一九三八年下令剝奪了他德國公民的權利，所有他的作品也全被納粹黨徒查禁銷燬。他只好悽悽惶惶地離開歐洲，一九三九年赴美，四七年入了美籍。

現年七十一歲的雷馬克，一共寫了九部小說，「奈何天」是最後一本（將來是否再有新作發表，此刻還不曉得）。這本晚年之作，筆調上更爲成熟，冷峭拔絕，眞眞是大匠運斤，深得精鍊與深刻的神髓。他寫出來的話，不僅令人感，亦令人思，而又絲毫不着「說理」的痕跡。

從某種意味說，「奈何夫」裡的人物是相當畸型的——一個美麗的少女，住在高山上的肺病療養院中等候死神的來臨，她的「餘年」只是期待不知道還能不能看到的明年春天。男主角極健康，但他有一個極不健康的職業，賽車場上一秒鐘的差池就可以結束他的生命。她的人生是從一次嘔血到下一次嘔血；他的人生則是從一次賽車到下一次賽車。正是這種無常無告之感，反皆成爲不可抗的魅力而互相吸引。强烈的求生的欲望與絕望交織，凝結而爲無私忘我的愛情，是沉哀中的振奮，一瞬間的永恒，人世間的悲痛，至此而皆變爲可感可懷。

生命儘管如是短暫，他們却並不因此而喪失人性中的光華。他們想要儘情享樂（「愛好自然的人必先到夜總會，然後在回家的路上就可以聽見畫眉鳥叫了」），但他們絕非自私；正相反，他們的同情與自尊反而更强也更深。

這是一本具有象徵意味的小說，其中人物正是二次大戰剛結束以後西歐各國男男女女的寫照

——戰爭的陰影未遠，當面是看得見與看不見的敗瓦頹垣。廢墟是可以重建的，但破碎的心與沮敗的精神却不是那麼容易再振作起來。徬徨中有這樣的回應——愛情縱令不能起死回生，但它可以令人快樂，更重要的是，令人勇敢！

今年有西歐之行，走過一些地方，見到一些人物，正可幫助我瞭解此書的背景，因格外感覺親切。回來後重讀舊稿，想到把它出版了也好，歐洲離我們萬里迢迢，但歐洲人的心情距離我們却不是那樣遙遠；您讀到雷馬克如何諷刺俗物，鞭撻守財奴，刻薄那位到處混白食的「詩人」，當可有同浮一大白的快感。

「奈何天」，仙人掌出版社出版，上下兩册共三八二頁，定價各十五元。

五十七年十二月二十日

「遊園驚夢」

近一兩年來，很少讀到像白先勇「遊園驚夢」這樣耐讀的短篇小說。全書一例是淡淡白描，極素樸而溫婉，但却潛伏着一股滾滾熱流。一種對生命的執着與愛惜，超越乎低徊感傷的情緒之上。

富貴人家子弟舞文弄墨，或者極好，或者極壞，往往是壞者居多。因爲他們越想要超拔出自我中心之外越不可得，而他們的生活大都貧乏空洞；縱然有些「色彩」，無非俗艷膚淺。「遊園驚夢」則大大不同；感傷之外，還有斐然堪驚處，皆流露出作者不評斷之評斷，不譏諷之譏諷的才華。

「遊園驚夢」共收八個短篇，除了「謫仙記」是寫留美華人的生活。「香港——一九六〇」

寫香港之外，其餘六篇皆以臺北爲背景。「永遠的尹雪艷」——這題目令人想到「永遠的琥珀」，「一把青」，「金大班的最後一夜」，都是寫這一動盪的時代中的某種女人；從某一意義言，她們去社會糟粕不遠。她們雖然物質上沒有飢寒凍餒之虞，但心中別有憂患如山。一個女人經歷過了幾個男人，好似經歷過了幾度人生，（當然，三個女人的經歷是不同的），她們在哀艷柔媚之外，更有一段悲壯蒼涼。像「一把青」的那種强韌的含着諷笑一般接受噩運的態度，正是這一大時代中某一角落裡某些悲劇人物的素描。

當然，全書中寫得最好的還是「遊園驚夢」那一篇。秦淮河上的一羣歌女，飛上高枝而又經過一番大動亂，來到了臺灣。她們仍然儕身於上流社會，但都已修成證果，是年齡也是環境，使她們儼然乎富貴中人。作者在這篇小說中多用亮麗的筆墨，但偶而閒閒的穿插，便展現了無限的滄桑。作者並沒有流露半點貶抑之意；甚至由於他那着意的描寫，讀者初初會以爲他對那些繁華「場面」是深懷喜悅的。然而不然，作者在寫到臺北的六篇作品中，幾乎都隱藏着一種「想當年」的感慨，而又以「遊園驚夢」的寄托最爲深遠。當女主角錢夫人藍田玉的朋友問她，「你這麼久沒來，可發覺臺北變了些沒有？」的時候，『錢夫人沉吟了半晌，側過頭來答道，「變多嘍。」……「變得我都快不認識了——起了好多新的高樓大廈。」』

對於爲了「好多新的高樓大廈」就滿意、就樂不思蜀的人，作者提供了一面鏡子。不是社會學的、而是文學的；或如葉維廉在「代序」中所說「一種繁華、一種興盛的沒落，……一種宇宙的萬古愁」。對此應驚而不驚，應愁而不愁的，則是一種心靈的怠惰，精神的萎落。

我很高興看到在外國專攻文學的白先勇並沒有「生吞活剝」借用一些「洋辦法」來寫中國人的小說。雖然他無意乎局限在傳統之中，但是，他的小說正如一切眞正好的中國小說一樣，含蘊着中國的傳統在內。創新並不一定全靠洋化而來的。

「遊園驚夢」，臺北仙人掌社出版，一五五頁，定價十五元。

五十七年十一月二十四日

留學生文藝

「留學生文藝」是我杜撰的一個名詞，也許不通，但却相當寫實，專指由留學生所寫以留學生活爲背景的文藝作品。

學生只是全體國民中的一部份，留學生又只是全體學生中的一部份。然而，留學生這個「少數集團」所提供的作品，無論就質與量而言皆相當可觀。原因也很簡單，我國現行教育法令規定，要大學畢業之後的人始可出國深造；所以，這一代留學生心性上比較成熟，能文之士亦頗不少。去國懷鄉，人之常情，在感觸百端之餘，將這種情緒與遭際形諸筆楮，發而爲文，其中的確不乏可讀可感的佳構。

早期的這一類作品，大抵以記述旅途見聞和介紹學府風光者居多，十多年前負責一本綜合性雜誌的編務時，這類作品幾乎月月都有，有時且不止一篇。蓋一個人初履異地，總不免有一份「新奇感」；而且，爲了使國內的家人親友「請勿掛念」，話總是揀着好的說。後來有人批評說，留學生一到海外，都是「報喜不報憂」的居多。其實這也是不得不然，未必是執筆的人本心如此。

後來，出國的人越來越多，先出國的人越住越久，漸漸地，喜報與憂報同來，從遊記體進而爲小說了。近十年來，單是留學生所寫的小說怕不有好幾十種。這些作品雖各有其主題與內容，但作者至少有一部份的努力，是要或者企圖要如實地寫出這一代留學生的生活與心情。留學生是有喜也有憂的，正如我們住在臺灣的人一樣。一旦置身國門之外，若便自以爲高人一等，固然不值識者一哂，但如以爲留學生全都是長期靠洗碟子剝洋葱去討生活，賴在那兒甘心度「苦酒滿杯」的歲月，却也決非事實。文藝訴諸人的心靈，應該是可以增進瞭解破除誤解的。報喜報憂皆無碍，要緊的是應該誠懇眞摯，如此讀者方能引起共鳴。

最近讀到楊安祥女士的「學生老師」，可能是用小說方式寫的紀實之作。由於作者文筆靈動，體會深刻，讀來非僅頗有實感，而且趣味盎然。

作者自謂在國內大學畢業後，曾敎過十二年書。她的先生是一位工程人員，赴美就業，她隨後也携兒帶女到了美國。爲了要夫妻同時就業，「以防萬一」，所以她「委委曲曲，背起書包，去當一名老學生」。在羅德島學院畢業之後，需經半年「教學實習」方可任教，於是她便成了「學生老師」。這本書便是寫她半年實習之間的遭際。「去美國中學教英語，數說他人珠寶，這情形，說多糟糕，有多糟糕。」由是她開始「學」教，深入了美國社會，也更淸楚地觀察了形形色色的美國人。

美國不是「遍地黃金」的那樣好；但也並非人人「拜金」的那樣壞。留學生的困難不止是當「學生老師」這一種，但是這本書却寫得如此貼切，使人體會到——或回味到——留學的艱難，在此而不在彼。對於有志留美的靑年，卽使不喜歡讀小說的人，如果在行前讀讀這本書，心理上有點準備，比讀「留美指南」之類的書要有用得多。

五十七年十二月二十八日

十字路

有時我常常自問，當初究竟如何選中了新聞記者這一行做爲終身職業的？許許多多堂而皇之、救人救世的理論，漸漸都褪了顏色。當初那種自以爲帶些悲壯的、浪漫的而又自我犧牲的想法，竟也幸而沒有一一兌現。一轉眼間過了將近廿年，就我自己的經歷來說，這一行裡竟沒有多少新奇與刺激，甚至於也沒有甚麼可犧牲的。「入我門來一笑逢」，這種微帶禪機的話正好做爲註脚，因爲無理可喻，不如歸之於萬緣前定，本當如此的。

新聞記者這一行業，彷彿是一個人站在十字街頭，前面有不同的道路，因亦有不同的結局。有一條路通向紅塵中的紅塵，繁華滿眼，軟紅無限。一個新聞記者如果要獵取功名富貴，似乎總比別的人更便捷一些。他的本領不一定勝過別的行業的人，但是他知道如何把握「截稿時間」——

在苦短的人生之間。

另外一條路方向恰恰相反，前面深山蕭寺，黃卷青燈，不僅出世，而且出塵。新聞記者的時間感與歷史感如果用在透視人生上，最容易產生「頓悟」的效果。

在浮華與冷寂之間，在刹那與永恒之間，在一條獨家新聞與整個的歷史洪流之間，新聞記者的生命何其渺小，但又何其頑强！

廿多年前初入大學時，系主任給我們的訓誨猶在耳邊，「你們之中如果有人要想求名求利的，應該趕快轉系，現在還來得及。」當時並沒有人轉系，但是大家都認眞考慮過、討論過這個問題——新聞系豈不成了安德烈•紀德筆下的「窄門」了嗎？十幾廿年之後才算明白過來，新聞之門並不窄，衹是外來的五光十色，令人有目不暇給之嘆。我不再相信甚麼新聞眼、新聞鼻，和第六感。那祇能造成一個「技術本位」的好記者，採訪幾條好新聞，出幾個好標題，寫幾篇好評論；而今的好記者，需要的是內省的定力，不要「激情主義」，不要人云亦云。不要光是趕熱門。有人批評我們新聞記者「識量短淺」，因爲所爭的總無非分秒之間，談不上百世千古⋯⋯。

我同意：「頓悟」之中也未必有千古的。我們需要的毋寧是一點淡淡的出世心情，來調劑我們的浮妄與淺薄。新聞過手得多了。悲歡離合，喜怒哀樂，樣樣都會遭遇到。李太白詩中的「榮華東流水，萬事皆波瀾」，也就自然而然體會到了！淡淡的，才悠遠。

紅塵與世外如果是兩個相切的圓，新聞記者便立足於那相切的一點上，我們不敢妄想飄然遠引，遺世獨存；但是對於紛擾萬端的世事，無妨用一雙冷眼去觀察；以愛心，以關注，以一副熱心腸來對待這一切的幸與不幸。一個新聞記者不會得道而修成正果，他的事業與人生相始終，與人生的悲歡離合相始終。入世不可少，出世亦不可少。冷的是眼睛，熱的是心腸。

五十七年九月一日

新聞與歷史

今天的新聞，就是明天的歷史；今天的歷史，就是昨天的新聞。中間的聯繫，是「抽刀斷水水更流」的時間之流。上等的新聞寫作，應該具有歷史感，乃能澈照今古，不完全因時間的消逝而隨波逐流以去。

美國有一新聞記者白修德（Theodore H White），哈佛出身，二次大戰時曾代表時代週刊駐在重慶，筆鋒甚健，惜乎對中國瞭解有限，受左翼份子所蒙蔽。他的報導爲亨利・魯斯所不喜，遂辭職返美。此後，又爲若干報社和雜誌社工作，也寫過幾本小說，成績平平。一九六〇年甘迺迪與尼克森競選總統，白修德根據那次大選的經過，寫成了一本「一九六〇年總統之產生」。那次大選我初到美國，對於有關報導瀏覽不少；白修德的書出版已在大選揭曉的第二年，其中居然有很多新的材料，透過新的角度寫來，成爲具有新聞意味的現代史。其事其文，皆足可傳。那本書銷行數十萬册，並且獲得當年普利玆傳記文學獎。

一九六四年大選，詹森與高華德對壘。白修德也版了「一九六四年總統之產生」，可惜那次選局成一面倒，書的內容也就平平無奇。

今年的大選，白修德三度出馬，他在兩年前就開始展開訪問，搜集材料；不過正式動筆要等到今年十一月大選之後，「一九六八年總統之產生」則要到一九六九年七月四日才可出版。據白修德說：「今年大選乃是美國一百年來種種問題最爲戲劇性的高潮，所以這將是我寫得最好的一本。只要我能就事實經過寫得出來，就很精彩了。」

白修德現在五十二歲，他計劃這套「總統之產生」將要寫到一九八〇年。他這套書的寫法已經創立了獨特的風格，對當代的新聞寫作頗有影響。

他雖然寫的是一本書，但在搜集資料階段則與普通新聞記者無異。今年新罕布夏州初選影響甚大，他曾三次專程去新州實地採訪。他聘請了一位巴納學院畢業的班尼森女士擔任助理研究員，他們到目前爲止，已經做過兩百次的專訪，數十捲錄音帶，卌本筆錄，和上千張歸類後的剪報。每一個可能的總統候選人，他都至少要訪問一次。

他的寫法與以內幕著稱「一人班」的約翰・根室略有相似之處，皆有極高的「可讀性」。根室筆墨生動俐達，接觸面極廣，但似乎不及白修德分析深刻入理。爲瞭解美國聯邦政治與政黨制度，白修德的書應算最有趣的讀物之一。

五十七年四月十四日

報界的新聞

在全世界報紙這一行業中，美國算是最發達的。所以一談到辦報，總難免要看看他們美國人是如何做法，以及做成了些甚麼成績。美國報紙發行人協會於四月底在紐約召開年會，一連四天。會中提出的一些統計數字，也許我國的讀者們也會感到興趣的。

美國的人口剛剛超過兩億。近年來，儘管有電視、廣播、雜誌和其他大衆傳播媒介的競爭，報紙的業務大體都還不錯。

不過，會中報告一九六七年日晚報紙的家數，一千七百四十九家，比六六年減少了五家，其中包括有名的「紐約世界論壇報」和「波士頓旅人報」。我再查美國商務部出版的「統計輯要」，美國報紙的家數，自開始有完整確實的統計以一九五二年最多，那年有一千八百六十五家；當時因爲阿拉斯加和夏威夷兩地都沒有設州，所以那個地方的報紙並未統計在內。以這幾項統計來比較，在短短的十五年間，美國報紙減少了一百一十六家。這說明了報業所需的人才和資本越來越多，因陋就簡去開創新的報紙已不可能；舊有的報紙如果不力求進步，也難免要遭淘汰。事實上，美國目前的一千七百多家報紙，有許多家都是在「一城一報」，或「一城兩報」而屬於同一老闆，因而沒有競爭的情況下而生存的。

報紙家數雖然減少，總發行數字則歷年都有增加。一九五二年銷平均是五千五百三十七萬份，一九六七年則達六千一百五十六萬零九百五十二份。十五年期間，每天的總發行量增加了七百八十六萬餘份。因為美國有「發行稽核局」的設立，各報報份都需經過公開查核，他們提出的數字大體是很可靠的。報紙家數減少而發行總數能够增加，一方面固由於人口的自然增加，另一方面當然還是由於報界自身的努力。照一般常軌，凡遇戰時，報紙的銷路都會大量增加，可是，越南戰事因為打得有點窩囊，所以一九六七年發行增加的幅度並不太大。

他們報紙的廣告，數字相當可觀。一九六七年全年各報廣告，總收入達四十九億元，如果讓那大小不等的一千多家報社平分一下的話（當然這只是理論上的假設），每家平均在二百八十萬美元左右，或新臺幣一億一千二百萬元。這個數字不算太高；但我們國內的三十多家報紙如都要達到這個標準，恐怕還要再努力十年八年吧。

五十七年五月十六日

報恩主義

民國以來，報人以評論名於世者，羣推陳布雷、張季鸞兩先生。布雷先生志慮忠純，見識閎遠，「論深切於事情，言不離於道德」。中年以後入仕途，始終無改書生本色。季鸞先生文章涵渾奔放，鯁直敢言，顯示出「北方之强」的風骨。布衣論政，一言出而天下動容，尤爲士林所重。

季鸞先生嘗爲文自述生平，他說他不曾正式參加過任何政黨，也不曾皈依過任何宗教。他畢生立身處世之道，如果說有一個主義的話，那便是「報恩主義」。季鸞先生少年處於孤寒之境，後來全靠自己淬厲奮發，苦學成名，他自求學至就業，中間雖然經歷種種困難與挫折，但他從不自感失望，對社會亦不曾有何反感怨望，反而强調要報國家之恩，報社會之恩。這種胸襟，這種精神，是我們這一時代特別應該提倡的。

人生天地之間，譬如草木。生我育我者是父母，教我益我者是師友，但在父母、師保、親友、以及其他的種種「關係」之外，還有一個無所不在的社會力量，彷彿如自然界的陽光、空氣和水份，無形之中在培植我們的生長，幫助我們的發展。但是因爲陽光、空氣和水份，是取之不盡、用之不竭的，我們反不覺其可貴。

在觀念上與行爲上，這一代中國人都相當地接受西方個人主義的影響；個人主義發揮至極，則獨來獨往，頂天立地，原亦是很好的。可惜我們所吸收到的往往祇是其自私自利，善自營謀的一面。個人有任何的不幸，都可以諉過於「社會的罪惡」，可是當他有所成就之時，第一個想到的是他自己的天才與工力，能够還記得起父母師保之恩者，已經是上上大吉，更不必談社會之恩了。個人與社會之間，有取無予，這是現代社會的危機。

受爵公堂，謝恩私室，那種時代應該已經過去了。今日所應謝應報的，是國家之恩，是社會之恩。每一根小草都受到陽光的沐照，每一個人也都曾受到社會無形中的栽培滋潤，人人都能以此爲念，時時願對社會有所報效，則小我大我之間可以獲得更圓滿的和諧關係，社會便可以更爲進步美滿了。

五十七年五月二十五日

和談的採訪

美國與北越的巴黎談判，或者叫做「爲準備正式和平談判而進行的初步談判」，開幕至今，無收穫。對於各國新聞界來說，也是個大大的浪費，大家明知道談判很難有甚麼結果，可是，人還是不能不派；而各國所派記者人數之多，打破了歷來採訪和談人數的紀錄。當第二次大戰結束，納粹德國簽降書的儀式上，各國記者不到一百人；一九五一年韓戰和談開始舉行時，記者有一百二十人。可是，目前採訪巴黎談判的記者，來自三十九個國家，共達一千三百人。

記者中有老牌也有新銳，七十多歲的專欄作家李普曼，本已在半退休狀態，也來重遊巴黎。他早年曾隨威爾遜總統參加第一次大戰後的和會，巴黎正是他成名之所。如今再履斯土，當有無量的感慨。

美國是主要的交戰一方，美國記者自然來得最多，幾乎每一家大報都派了人來，連紐約的「婦女時裝日報」也有專人，採訪北越代表團中女性代表們對於時裝的「高見」。美國代表哈立曼看到這些如飢如渴的記者窮追不捨的情形，僅有一句評語：「從來沒有這麼多記者，跑了這麼老遠，只為採訪這麼一點新聞的。」往往是談判雙方談了三個半小時，毫無結論；記者們不得不參加雙方的簡報。北越那邊彷彿是開宣傳訓練班，一再重複他們對於停戰的「要求」，說過兩三遍之後，再有耐心的記者也都溜之大吉了。

巴黎美國大使館隔壁有一家克麗隆飯店，哈立曼經常在那兒進餐；美國代表團的人員也都經常在那家飯店的酒吧間裡出入，照理說正是記者們鼓其如簧之舌，刺探新聞的好地方。可是，官員們個個守口如瓶。原來克麗隆飯店和和談會場所在地美琪大飯店一樣，到處都裝滿了電子竊聽器。所以，外交官們說，「我們在克麗隆所能談的，只限於點什麼菜而已。」巴黎物價之高，與巴黎風光之美同樣出名。在克麗隆，一杯鮮橘汁要一元四角美金，所以，連「點甚麼菜」也沒有多少好談的了。

儘管如此，記者們的報導不能一日中輟，而且越是「膠着」，越是要去「挖」獨家。最苦的是電視記者，明明是沒有新聞可報，仍不得不交待一番，NBC的韓特萊也好，哥倫比亞的柯朗凱也好，仍得按時從巴黎經過通訊衛星，轉播到紐約去，每一分鐘一百二十二元五角美金，「沒話找話」，跟巴黎談判一樣，談是談了，但甚麼也沒談出來。

五十七年六月七日

前瞻文錄

每一種行業裡，都一定有幾位開創新天地的先驅者。在電子通訊的天地中，沙諾夫（David Sarnoff）無疑是一位貢獻偉大的功臣。

沙諾夫不僅是一個創造歷史的改革者，同時更是一個高瞻遠矚的實行家。電子工業能具有今天這樣無遠弗屆的影響力，對於世人的生活和思想都投以新的光彩，沙諾夫的功不可沒。

這位面團團而意志堅強的科學界怪傑，最近出版了一本「前瞻文錄」（Looking Ahead），由紐約的麥格魯．黑爾書店出版，三一三頁，插圖五十二幅，定價美金九元九角五分。

這本文錄中，收集了沙諾夫過去的許多論文、預言，以及他在工作中的種種體驗。最早，由於沙諾夫想要利用無線電將音樂送入每一個美國的家庭中去，於是而有無線電廣播。一九二一年，美國無線電公司（RCA）在紐澤西州的羅塞爾公園地方建立了第一個廣播臺WDY，到一九二四年擴展到九個廣播臺。隨後就逐漸成爲全國性的廣播網。由廣播而電視，而彩色電視，以至於在此太空時代電子通訊的種種新方法——如何由「觀念」進而克服技術上的困難而付諸實行，沙諾夫數十年的努力與領導，貫串着這一連串的進步與成功。所以，他這本「文錄」也被稱爲「電子通訊現代史」。

沙諾夫主持的RCA，與哥倫比亞公司（CBS）競爭最烈；但是CBS的董事長巴雷(William S. Paley)對於沙諾夫卻毫不掩飾其傾慕之情。他說，沙諾夫「乃是屬於未來時代的勇敢天才。」他不僅眼光遠大，而且觀察入微，既有吸收科學新知的才識，又有組織各種人才的本領。他主持RCA，間接也推動了世界電子通訊事業的進步。他能够不以現狀自滿，而能繼續不斷去克服困難，爲人類奉獻更大更好的服務，這是他最了不起的地方。

在這本「文錄」中，沙諾夫不僅回顧過去，同時也展望未來。他認爲解決困難的要訣之一便是向前看。在這部帶有自傳體意味的著作中，他忠實地紀錄了他自己在近數十年間電子通訊事業發展過程中所負的任務。攤在他當面的問題，有許多都是當年認爲「絕對無法解決的」；這類問題大部份來自技術的革新與實際應用之間的矛盾。沙諾夫克服了這些不可能，創造了科學技術上的奇蹟。

這樣的書，除了能帶給讀者科學上的知識之外，並且有磨礪品格的效益，值得特加表揚。不過，這本著作雖是以普通讀者爲對象，但翻譯介紹，恐怕還是以具有電子通訊方面知識的人才可以勝任罷。

五十七年六月二十二日

谷騰堡之國

自二次大戰以來，由於世局激變，我們的對外關係轉以美國爲第一位。政治經濟如此，文化教育亦如此。以我們報界而言，提到美國報業情形總比對別的國家熟悉多多。

其實，就報言報，美國報業並非盡善盡美，更不是獨一無二。在歐洲，西德報業與出版業發展之迅速，就很值得注意。

最近看到西德國際資料供應社的一個「特別報告」說，西德計有一千四百六十家報紙，每天的總銷路在兩千萬份以上。這個數字包括許多地方性的小型報紙在內。

這一千多家報紙中，眞正稱得起全國性大報者，祇有三家：

△「世界報」（Welt）。

△「蘇德區新聞」(Süddeutsche Zeitung)。

△「法朗克福綜合新聞」(Frankfurter Allgemeine)。

這三家報紙讀者遍佈西德的各個地區，從政府機構到敎會組織，從學校到工廠，以至全國所有的火車站和公共場所，都可以看得到這三家報紙。

德國在第一次大戰與第二次大戰之間的威瑪共和時代，新聞事業就已極發達；當時報紙的家數曾達四千七百零三家，比現在差不多要多出三倍。不過，如果從人口的觀點來比較，西德目前報紙家數之多已經很够驚人了。

聯合國一九六六年估定西德的人口數字，是五千九百六十七萬六千人，比法國約多一千萬人，比英國多五百萬人。可是，法國祇有報紙一百六十四家，英國也祇有一百十二家。

西德報業經營上有一個特色，與我們臺灣很相近，那便是日報的讀者絕大多數都是經常的訂戶，並不似美國或日本那樣大家在街上買報看過就丟的情形。大衆化報紙沿街叫賣的例子不多，其中最成功的是「圖畫新聞」(Bild Zeitung)，銷路四百一十萬份。這家報紙總社設在漢堡，屬於西德報業大王史波林吉所有。史波林吉旗下的報紙，佔西德報紙總銷數的百分之四十，「圖畫新聞」深入民間，影響尤爲可觀。

德國民族性以堅毅爲尙，埋頭苦幹精神世間罕有其匹。戰後的復興之速，雖云得外力援助甚多，然而畢竟是靠他們自己的的刻苦自勵。西德報界能够從二十幾年前的一片廢墟上發展到今天這種繁榮景象，相當的了不起。德國谷騰堡發明印刷術，爲西方印刷界的鼻祖；此一事實對於今日德國報界與出版的發達，大有關係。反觀我們中國人之發明活版印刷，宋代畢昇比谷騰堡要早四百年。以此例彼，我們的報業似乎落後太遠，愧對先人，應該急起直追，大大努力才行。

五十七年八月十一日

報紙與暴力

正當美國黑人們因金恩被刺而鬧得天翻地覆的時候，西德的左傾學生們竟也鬧起事來。他們鬧事的導火線，是由於所謂「社會主義學生同盟」的首腦杜契克被人打了黑槍，傷勢嚴重。這杜契克現年二十七歲，留著一頭長髮，綽號「紅洛蒂」，是個惹事生非的能手。想不到由他負傷引起一場大風波，從西柏林到法朗克福，好幾個城市都受到騷擾，西德政府出動了三萬多名警察，很費了一番手脚，才算把局面安定了下來。

西德學生這次滋事，牽涉到一位新聞界人物，那便是當今西德的報業大王史波林吉（Axel Springer）。他旗下共有十五家報紙雜誌，一年的營業額達到兩億美元。據統計，每逢禮拜天，史波林吉「新聞帝國」的出版物要佔到西德報刊總銷售量的百分之八十八；平常日子也達到百分之三十一。所以，無論爲敵爲友，都說史波林吉是今日西德「權力最大」的人物。

史波林吉本人文采翩翩，金髮長身，完全像個上了年紀的花花公子。但實際上他是一個精明強幹，頭腦細密的事業家。在西歐，他有六個住所，自己常乘了專用噴射機往來各地巡視業務與一般政情。他的總辦公廳設在西柏林圍牆附近，那座二十層的摩天大樓的市價便是二千萬美元。他在那高樓中指揮若定，成爲西德社會上的一大力量。他是堅決反共的，强烈支持美國出兵援越，對於德國左翼份子的蠢動，時時予以嚴正的抨擊。他所聘用的一位專欄作家，最近曾指責西德學生的盲目行動，「猶如中國大陸上的紅衛兵。」那位作家呼籲警方採取迅速有力的行動，「要伐硬木，必用利斧。」那些左傾學生把史波林吉視爲第一號「公敵」，不但要砸他的報舘，而且要設「人民法庭」公審他的「罪行」。

西德現有大專學校近五十所，學生廿八萬二千人，但「社會主義學生同盟」會員祇有兩千五百人，加上盲從附合者也不過一萬多人，他們的暴烈行動，不僅爲政府與社會公衆所不容，就是知識青年與學生們也都表示反對。

史波林吉對於拂逆之來，屹然不爲所動。他說，「我們絕不向暴力屈服。」事實上這次風潮無異替他做了廣告，他所屬報紙雜誌的每週發行量，最近一週竟打破了五千萬份的大關。

五十七年五月一日

大出讓

西德的報業大王史波林吉 (Axel Springer) 可算得當世新聞界裡的一位怪傑。西德政府不久之前曾組織一個委員會，經過一番調查之後提出警告說，史波林吉控制的報紙雜誌力量太大，對於民主體制「頗不相宜」。左翼份子對他攻訐尤甚，今年五月間左翼學生鬧事時，他們把史波林吉當做頭號「公敵」，砸了他報舘前門的玻璃，燒了他運送報紙用的卡車。就在這左右夾攻的情況之下，史波林吉於七月初宣佈了驚人的決定，將他所屬的報紙雜誌讓售一部份，以改變外間對他的觀感。這一批生意，成爲德國戰後最大的一次報紙雜誌的交易。

史波林吉一共辦了六家報紙，銷路八百萬以上，佔全西德報紙總銷數的百分之四十；他又辦了七種雜誌，銷路佔雜誌界的百分之十七。他這次出讓的是一家週報，四家雜誌，盤出的價錢共

達二千六百五十萬美元。

史波林吉賣出的那家週報，以報導市井流傳的社會新聞為重，銷路一百十四萬份。此次他以七百五十萬美元的代價轉讓給鮑爾 (Heinrich Bauer)，鮑爾是西德報界的第二號大亨，聲勢僅次於史波林吉。

另外的四家雜誌是：「新聲」（銷路七十七萬八千份），「少年」（二十一萬二千份），「雙親」（一百二十萬份），和創刊剛剛四個月綜合性的雙週刊「亞士明」（一百五十萬份），史波林吉將這四種雜誌讓售給魏特伯 (Hans Weitpert)，總價是一千九百萬美元。

據史波林吉手下人員透露，他之所以要將這些刊物脫售，是為了換取現款，來使他原有的新聞機構能夠更新設備，充分現代化起來。批評他的人則說，這不過是一種「姿態」，用來應付政府的調查和左翼的指責。事實上，他雖然賣出了一家報紙，四家雜誌，但是「毫未減少他的政治影響力。」有一家報紙評論此事說，「史波林吉並沒有放棄權力。這只是節食計劃，將使他整個事業的效率更為之提高。」

還有人指出，現年六十二歲的魏特伯，本來就是史波林吉的密友。他們這番交易，無異左手交到右手，這種說法使魏特伯大為惱火。他說，「我絕不是稻草人。」

事實上，史波林吉新聞帝國的實力確未因讓售五家報刊而有何影響。他手上仍然控制著佔西德報紙銷數百分之四十的報紙，兩家廣播電視雜誌，一家體育出版社。他這次是把賣掉雜誌的錢來强化他的報紙，也可能由此而揷足到電視界去，對於這位堅決反共的報人來說，他所考慮的是如何更有效的與共黨勢力鬪爭，這次的「大出讓」不是後退，而是一種新戰略的試驗。

五十七年八月四日

一萬二千條

捷克眞要走上自由化的大道了。八月三日蘇俄與東歐五國在捷克境內舉行談判之後，這一歷史性的轉變終於「過了明路」；浩浩蕩蕩，再也不會回頭了。

但是，一個共產政權要在不流血的情況下重享自由，也還需要經過一段相當漫長的掙扎。捷克有一家文藝性雜誌的主編黎姆（Antonin Liehm)對於初嘗自由空氣的反應，說得很爲傳神，他說，「這簡直像一場美夢，我們永遠不想從這場夢境中醒來。」這種驚喜交集、疑信參半的情緒，正是此時捷克國民的普遍心情。

然而，這場「美夢」是有限度的。這限度來自捷共領袖杜布西克的決策，他顯然害怕目前的自由化運動會發展得太快，會使他失去控制。舉一個例說，捷克政府已經正式宣佈，取消了新聞檢查制度，但隨卽又發出通知，要各報社編輯與主筆們注意，「某些國家機密」是絕對不可以形諸筆墨的。這些所謂「國家機密」，一一列舉起來竟達一萬二千條。牛肉的市價，紡線的成本，統統都是機密。所以，有很多編輯都表示抗議說，這完全是新聞檢查制度的變相復活。

儘管如此，「自由化」畢竟不是徒託空言了。著名的女明星丹妮柯娃（Sylva Danickova）說，「我常常遨遊海外，對於政治、藝術、愛情，無所不談，到處都可以任我批評。但是，每次我回到家，就祇好一言不發，明哲保身。現在完全不同了。過去我們無法參與捷克國民的眞實生活，現在我們都可以辦得到了。」這是很誠懇的話。捷克電影界遠在「自由化」的大纛高張之前，就已經做過種種「離經叛道」的嘗試，不受共黨敎條的羈勒，他們的電影人員在近幾年間，曾經得到東西歐各種電影展的重要大獎二三十座。加拿大一九六七年的世界博覽會中，捷克舘部分就以電影取勝，據說十分之新潮，爲整個博覽會形成一大特色。當時主持那個電影節目的，便是丹妮柯娃。

比她更爲重要的一個人物，是小說家穆納谷（Ladislav Mnacko）。他是捷克當代作家中最傑出者之一。當去年中東戰事爆發時，他對以色列表示同情，反對捷克當局追隨莫斯科的親納瑟路線。就爲了抗議這件事，他就隻身遠走，自動流放國外。最近，他認爲局勢絕對不會再有所反覆了，乃設法輾轉回鄉，居然也順利入了境。更令他意外的是，他那本渾身是刺的小說「權力的滋味」，雖然在西方各國已經大銷特銷，在捷克境內才剛剛推出了第一版。這部小說，對於捷共從前當權人物的崇拜權力和貪鄙無恥，一一痛予批判揭發。穆納谷這樣的人能够安然還鄉，就證明雖然還有一萬二千條的禁令，「自由」的眞精神終於在捷克抬頭、生根了。

五十七年八月九日

〔後記〕此文發表後十一天，蘇俄及「華沙公約」國家的部隊侵入捷克，「自由化」運動乃如曇花之一現。捷克今日的處境仍然悲慘，但却必然能有獲得眞正自由的一天。

望洋興嘆乎

人才外流現象，時賢咸以爲憂，其實目前已成爲一世界性的問題，非僅東方諸國爲然。「人向高處走，水向低處流」，徒言阻遏取締，恐不是有效之道。

西歐各國有一組織，全稱是「經濟合作發展組織」，簡稱 OECD；其下有一個科學委員會，近曾將費時兩年完成的調查報告，提交各會員國在巴黎舉行的部長級會議。這個報告坦然承認，西歐在科學技術方面較美國落後的程度，「其遙遠猶如大西洋之兩岸距離。」二次大戰以後，受惠於馬歇爾計劃的西歐諸國，經濟發展有相當成績，廿多年來當然也培植了不少的科學技術人才。可是，據那份報告中發表的統計，西歐近年來平均每一年都有兩千位科技人才，透過移民方式赴美定居。

人才隨着錢走，倒不是他們全是拜金主義者，而是說要在捨得花錢懂得花錢的地方，他們的學識與技術才可以充分發揮。以一九六四年爲例，美國將全國總生產的百分之三點四，亦卽二百十五億美元，用於各種R (Research) 和D (Development)亦卽研究發展計劃。同一時期的英法德等國，用於這方面的錢祇佔各該國總生產百分之一點五左右。美國的研究經費，百分之五十六用於國防、太空與核子計劃，亦爲西歐所不及。

更重要的是，美國的企業界對於新觀念的吸收和新方法的採行，反應極爲迅速。這當然對於科技研究是很大的鼓勵。「經濟合作發展組織」曾舉出自一九四五年以來一百四十種重要的新發明——主要是在基本金屬、電機和化工方面，其中有百分之六十要歸功於美國的工業界。有時，明明是歐洲學者殫思竭慮，想出來一點兒端倪，歐洲工業界自己還未及採用，美國便已經搶先一著，用在實際生產上去了。

那份報告的結論中說，歐洲如果不能維持以研究爲重的工業，人才外流問題是不大容易解決的。我想，應該聽聽這種話的，恐怕不止是西歐諸國的當政諸公吧，光是批評出了國的青年人「忘本」，望洋興嘆一番，又有甚麼用處呢！

五十七年三月三十一日

百分之五

前些日子參加過一次與留學問題有關的談話會。座中好幾位先進都曾萬分感慨地指出，近年以來，出國深造與學成返國的人數之比，大約是一百與五的比例。長此以往，後果實極嚴重。當時我一時衝動，斗膽代表回國服務的「百分之五」發言。我並沒有甚麼高調，更不屑於對那些沒有回國的百分之九十五慷慨激昂一番——慷慨激昂也許最能大快人心，却最不能解決問題。我請大家想想，留學生一去不返者多，究竟爲了甚麼？

平心靜氣而論，我們的社會對於留學這件事以及對於留學生這批人，都缺乏正確的認識，基本觀念上有許多矛盾。譬如說，大家一面批評「人才外流」不得了，一面多方設法、百折不撓地把自己的子弟往外送。一面批評留學生「數典忘祖」，一面對於能在國外就業的人表示出破格的尊重與豔羨，情溢乎詞。一面抨擊留學生「滯留不歸」，一面又對於已經回國服務的人不能用其所長，甚至根本用非所學。在這樣的社會背景之下，單單責備留學生不肯回國服務，似乎是有失公平的。

一般人容易犯的一個錯誤，是把留學生估計得太低，誤以為這些「洋派人物」一腦門子祇認得美金，道德觀念固已蕩然無存，人生理想也不過是洋房汽車而已。這種評價，在我看，未免太悲觀了。

青年人都是純潔的、無私的、重理想的。如果說他們「生於斯、長於斯」在國內過了二十多年之後，一年兩載就樂不思蜀了。則我們與其怪這一代青年過份短視自私，不如「反躬自問」究竟我們社會有甚麼不對勁。在我看，某些青年人所表現的過分「成熟」，過分「精打細算」，豈不也正是「重利害、輕是非」的社會風氣之下必然的產物？老實說，留學生憑自己的學識與本領，賺幾文辛苦錢，比住在國內吃豆、喝油、拿紅包的人物要合乎「民族大義」多多了。留學生棲遲國外，久而不歸，誠然是不對，但不能像對犯了罪一樣的人去看待他們。有些人喜歡把責罵留學生做為口頭禪，似乎天下興亡的重責大任，都擺在那些不回國的留學生肩上，這是不合事理人情的。

我們可以有很多的做法，鼓勵留學生回國服務。我認為，最切要的第一步，是先調查已經回來的「百分之五」在做些甚麼。如果連百分之五都難以妥善安排，又何怪乎另外那百分之九十五一去不復還呢。

五十七年四月三十日

爲院士不平

中央研究院兩年舉行一次院士選舉，第七次選舉甫於七月廿八日舉行。會中經過四次投票，選出了九位新院士。這是學術界與知識界的一樁盛事，也應是中華民國的一樁大事。可是，從各種大衆傳播工具中所得到的印象，此一盛事似乎也只有一日風光，令人有「意猶未盡」之憾。

依照總統府組織法的規定，中央研究院與國策顧問會、戰略顧問委員會等，同爲總統府直屬機構。而中央研究院的重要性還不僅在法律上所規定的地位，而更由於這個研究院乃是國家最高的學術機構，其任務一方面經由各研究所進行獨立的研究，一方面還要協助與協調全國所有高級學術機構的研究工作。從這種意味言，中央研究院乃是國家學術界與知識界的中樞。

因此，凡能夠當選院士的人，非僅是學有專長，而且其造詣必已達到「舉國之中二三子而已」的境界。他們是學者中之學者，精華中之精華。他們不僅應該受到國民由衷的尊重，而且也應該得到國民程度深淺不同的瞭解。

我們的社會尊重學者嗎？尊重這些學者中之學者嗎？也許可以說是尊重的，但總是尊而不親。你可以請教任何一位大學生，他們也許對於電影明星的事「如數家珍」，但却未必能在六十三位中央研究院院士中說得出一半的姓名來，當然更不必說他們學術上的特殊成就。

這並不值得「拍案驚奇」，社會風氣輕視學術，「急功近利」，又何能怪一般人會有「學人算得老幾」的想法。卽以新當選的九位院士而言，報上報導他們的成就，眞是「寥寥數語」。他們畢生的丹鉛修鍊，面壁鑽研，幾十年的苦功，「重要性」似乎還比不上林海峯的黑白一局棋，比不上荊玲女士躍射得兩分，當然更比不上貪官下獄那樣引人入勝，少年動刀那樣動魄驚心。學術與知識，看來在我們社會上是不受人注意的。這是很可哀的；但我不認爲這是無可如何的事。

我認爲，提倡學術風氣，高階層的努力固然重要，普及化的工夫也同樣不容忽視。我不是主張院士應與明星搶鏡頭，而是說，院士之所以爲院士的可貴之處——他們治學的方法、成就和影響，應該儘量讓國民知曉，讓國民瞭解。這種工作本身便是最有力的啓發，最有效的教育。

學術研究無法大衆化，但學術界如果能够與大衆之間多通「消息」，使大衆瞭解學術也者並非玄奧神祕的天機，因而使大衆對學術與學者在尊重之外，再有一點親切的敬愛，豈不更好？

一國之人如果談的老是宦海浮沉，物價漲落，乃至大專聯招，托福考試，那就沒有甚麼光明遠景可言了。爲甚麼不聽聽那些在學術上有卓越成就的人，談談他們的新境界呢？院士沒有充分發言，令人覺得不平。如果眞是無言可發，那可又令人爲國家不平了。

五十七年八月三月

困難何在？

數學家王九逵先生要走了。從報上讀到這一則新聞，內心感到無限的悵惘。

因爲，王先生的去留，不僅是他一個人的進退出處問題；從這一件事上暴露了我們的社會與知識界嚴重的矛盾現象。我們一面要「科學第一」，要「爭取人才」，好不容易有眞正的人才回國長期服務了，却並不能讓他充分發揮。「最最令人難受的，是大家並不放心讓青年人放手來耕耘，來播種。」結果，便只好「道不行，乘桴浮於海」，高飛遠走，黯然一別了。

王九逵之去，對於今後號召海外學人歸國長期服務的工作，將會發生些甚麼影響，此時甚難估計；對於有意出國深造的青年人，心理上將會發生些甚麼默示作用，目前更無法度量。但，此事的後果，我們會感受得到的。「王九逵回國五六年，都沒有能做出甚麼成績來。何況你我？」

這種話，我們以後會聽到的。

我們應該怎麼辦？眞眞焦人！

責備王九逵嗎？當然不能。他誠心誠意回國服務，想要辦一個理想的數學系，作育一些人才，成就一番事業。他試了五六年，此路不通，只好換一條路去走。科學史上許多著名的數學家，在學術上重要的貢獻大都在三十歲左右完成。「神童」王九逵如今也已三十多歲了，一個人一生中沒有幾個五六年的時光可以浪擲虛度的。他要走，我們覺得十分惋惜，但却無法反對，更不能够責備。

然則我們責備臺大或政府當局嗎？是又不然。政府舉出「科學第一」爲施政的重點，凡百措施，都盡力配合這一目標，已爲國人所共見。教育部和臺大的主持人，不僅都是學者，而且都是科學家。他們都是誠誠懇懇想要把工作做好的人。然則何以在決策之後，一到執行階段，就會打折扣，辦不通？

我猜想，形成困難的原因，與其歸咎於人事不諧，或老年與青年的距離，不如說是由於觀念並未打通。時代的要求是科學化，而我們的若干典章法令以及某些人的言行思想，還在那兒天地玄黃，遇事自然無法求得一致而有效的做法了。

我建議，王先生應該將他所遭遇的困難，以及他認爲應該採行的改革，以對事不對人的態度，具體詳盡地發表出來。如此做至少有兩個好處：第一、可以促進有關部門和人員在觀念上與制度上的溝通。第二、有些事我們一時做不到，也可以讓有關當局有一個說明的機會，以釋羣疑。我認爲，在這種影響重大而內容複雜的問題上，最需要說得淸淸楚楚，講得明明白白。諱疾忌醫和稀泥，是要不得的。王先生去意既決，留之無益。倒不如聽取他的建議和陳述，認眞改革一番，「嘉惠來者」，使學人回國服務一事由崎嶇小路走上康莊大道，則對國家與學術之利益反而更要大得多吧。

五十七年八月二日

三不祥

史書上記載說，齊景公出去打獵，上山見虎，下澤見蛇，心中不悅，回來問晏子這是否不祥？晏子回答說，「國有三不祥，是不與焉。夫有賢而不知，一不祥；知而不用，二不祥；用而不任，三不祥。」至於見虎見蛇，倒是沒有甚麼關係的。

晏子所說的三不祥，一言以蔽之，就是一個人才問題。對於國內的人才，根本不聞不問，當然談不上「知」；「知」了之後，而又不能用，不能大用，便是國家社會的嚴重損失，將嚴重損失說成不祥，還是含蓄委婉的說法。

最近有兩條新聞，都與人才問題有關。一是行政院於十一月廿六日核定了「加速培植學術技術及行政人才要點」；統觀全文，立意甚佳，辦法也算週詳，但措辭之間仍難免有行政機關公文書的通病，儘管說是要「加速培植」，但還是要試辦，試辦並無明確的期限，何時正式「加速」，似尚遙遙無期。而且，政府所需人才，從培植到任使，應有完整細密的計劃，必需要切實做到「知而即用，用而能任」才行。如果培植了半天，祇是「優先保舉」，像高普考試及格並不一定能够任官一樣，有「用世之心」的人是不會很起勁的。結果則良法美意，難免又要流於空談。

何以要說得如此急切？此在另一條新聞中可以找到理由。聯合國十一月廿八日發表「開發中國家人才外流至發展國家」的報告，談到人才外流。根據他們的統計，最近五年來人才外流的『成績』，中華民國不幸考了第一。從一九六二到六七年間，光是移民到美國去的便有五萬一千二百十八人。

國內有一種論調，往往把「外流」的人（如果不一定稱之爲人才的話），都一例看做是數典忘祖，「愛國精神」有點問題；這樣的想法無乃失之偏頗。大家也要想一想，那五萬多人如果不到美國去，誰會想到他們是「人才」？誰能用到他們這些「人才」？即令有了「加速培植」的辦法，單單靠這一條法令而沒有整個政府全面的配合，仍是不够的。只要能「流」得出去的人，他已經不在意培植的加速不加速了。

一個眞正有骨氣有志節的人，不應該對自己的祖國說，「此處不留人，自有留人處」。問題是留下來如果不能有所爲，像王九逵博士那樣一走了之的人，社會公論是很難責備他們的。最近報上說，敎育部國際文敎處的顧柏岩處長，在修得了博士學位之後，也提出辭職。這一流中堅份子的外流，是我們承受不起的。

希望「加速培植」的辦法，能够與人才外流的趨勢競賽，而且要贏得這一場競賽才好。

五十七年十二月七日

留美學生知多少

留美成了時代的潮流，各國留美學生人數越來越多了。一九六七至六八學年度，共有十一萬零三百的外國學生，在美國的大專院校讀書。他們來自一百七十二個國家，分別在一千八百所院校裡深造，這項數字打破了歷年紀錄。

這些數字是紐約國際教育學會編印的年刊「開門」(Open Doors) 提供的。這個學會是一九一九年成立的民間非營利性組織，致力於協調各院校、各基金會等涉及外國學生留美，和美國師生到外國的種種計劃。這本年刊提出關於留美學生學人完整明確的統計資料。當「開門」於一九五四年創刊時，全美外籍學生共有三四、二三〇人，此後歷年增加。一九六八年比一九六七年的十萬零二百六十人就增加了百分之十。據估計，二次大戰以前，外國留學生總共不過一萬人。

各國學生所修習的科目中，學工科與人文者最多，各佔百分之二十。最少的是農業，不到百分之三，學醫者也不多，低於百分之五。

在各國學生中，人數最多的來自美國的緊鄰加拿大，有一二、一四四人；印度八、二二一人佔第二位；第三位便是中華民國，共有六、八五〇人。第四位很出人意外，是前一年居第十位的古巴。古巴留美學生四、五五二人，很多是以難民身份逃離卡斯楚統治的。

以留學生分佈地區來說，美國五十個州裡面，西海岸的加利佛尼亞州外國學生最多，達一萬八千人，佔全部留學生的百分之十六點五。其次是紐約、密西根。位於東南一隅的佛羅里達州如今有四千九百個留學生，躍居第六位，這顯然因爲古巴學生大量湧入。古巴距佛州不到一百哩，近水樓臺，難怪其然。

在各大學裡，外國學生最多的是紐約大學，三、三四〇人。其次是加州大學，二、七九〇人。加大以往外國學生最多，上一年就有五、七八二人。人數銳減與左傾份子滋事有關。加大是好學校，但鬧得讀不成書，學生也就不得不「另謀高就」了。

據「開門」的統計，在每一千個外國學生中，有一百八十人得到美國學校的財務支援；有五十七人得到美國政府的獎助，還有三十六人有基金會或外國政府的獎學金。據我所知，像埃及的留學生，便幾乎人人都有開羅支付的公費。

旅美外國學人的人數也有激增。六八年共有一一、六四一人，比上一年增加了百分之九。照「開門」的解釋，凡教授、研究員、在大專院校任教職或從事其他學術工作的人，都可稱爲學人。這一萬多人來自一百十二個不同的國家。

各國學人裡面，「血濃於水」的英國人最多，有一、四六八人，佔全額百分之十二點六；其次是印度，一、四〇六人，佔百分之十二點一。第三日本，第四西德，第五加拿大。照說中國籍的學人爲數應該也很多，據猜想，可能因爲中國學人有些並不在教育界服務；另有一部份換了美國護照，「賓至如歸」，統計表上看不出來了。

美國各大學禮聘「客卿」，哈佛有外國學人四七八人，佔第一位。以下依次爲麻州理工學院、威斯康辛大學。

加州大學一九六七年曾有九〇八位外籍教授和研究人員，六八年驟減至三八〇人，落到第五位了。教授各自分飛的趨勢，與學生正復相同。可見學術研究不能沒有安靜的環境，左派的學潮與李根州長的緊縮計劃，對加大的打擊太大了。

五十七年十二月十三日

學術的革命

大西洋兩岸與鐵幕內外的學生們，都有騷動不安的現象。正當此時，有兩位哈佛大學的社會學教授合著了一本書，專談當前的高等教育種種危機。這兩位教授是瑞斯曼(David Riesman)與詹克斯(Christopher Jenks)，書名是「學術的革命」。由紐約的雙日書店出版，五百八十頁，定價美金十元。

兩位作者之中，現年五十八歲的瑞斯曼早已名滿天下，他所著「孤寂的羣衆」一書，是常常被人引述的權威之作。

在這本書中，兩位作者對於美國各大學的研究院所，都表示衷心讚許，「爲舉世各國所豔羨」；但他們也指出，可惜研究院所在如何將「治學」與「人生」聯繫調協起來，往往未能臻於圓滿。

全美國現有大專院校共達二千二百家。瑞斯曼等僅分頭訪問了一百五十家。不過，因爲他們兩位都是一直在學術圈中，對於各院校的種種問題，瞭解甚深；所以，他們曉得如何去找到最富代表性的學校與人員，如何解釋問題以求得適當的答案，而不是光靠各校的檔案文卷的。

早年的大學裡，教授並非專業，往往是有學識的教會神職人員或富有的縉紳大人，以傳道授業爲樂。當時的校長往往想要獨斷獨行，做出一點成績來。但董事會中則常是反映着各種不同的觀點，代表着宗教、地方、職業或某種社會階層的意見。於是在學校的大計上，難免有所衝突。兩位作者指出，十九世紀美國學生也有過一些抗議示威的舉動，「彷彿農民揭竿而起反抗暴君一樣。」

十九世紀末葉以後情況大變。以研究高深學術爲重心的大學影響日增。由於學術分科細密，貴尙專精；於是，教授委員會與系主任的職責日重。這些學者專家對於研究生的進退與課程，教職員乃至校長人選的推定等，都握有否決權。他們培養了大批的博士，這些博士又繼續去培養更多的小博士，代代相傳。

兩位作者認爲，這種「學術獨佔」的情勢倒不足深慮。因爲，讓有學問有信心的學者們治校，比別的辦法都要來得好。不過，分工過細，亦卽過分的專業化之後，師生關係冷淡，學生覺得他們有話不知對誰去說是好；而且，他們希望學校應該採取的某些合理改革，總是無法實現，於是形成一種苦悶。哥倫比亞與巴黎大學的風潮多少就是這樣鬧起來的。

瑞斯曼等寄望於師生兩代之間的推誠互助；老師應以鄭重的態度去對待學生。學生一定樂於聽師長的話；「他們是無法離開名師導引的。」

五十七年六月十四日

爲智慧而智慧

教育的目的，究竟是限於傳授知識，陶冶性格呢，還是應該着重謀生技能的傳習？這是個不大容易「擺平」的問題。

美國一位名教育家郝欽斯博士 (Robert M. Hutchins) 最近發表宏論說，教育如果過份注重謀生與求職，結果「將使人類淪爲環境的奴隸。」現年六十九歲的郝欽斯是個不同凡響的人物，早年在學術界有「神童」之目，曾任有名的芝加哥大學校長多年。芝大是美國第一流的高等學府，從研究原子到現代文明，都有卓越的成就。郝欽斯目前已在半退休狀態，退隱西海岸，擔任了「民主制度研究中心」的主任，有暇則著述不輟。他的新書「學術社會」，最近由布瑞格書店出版，定價美金四元五角。前面所引他的意見，便見於此書。他的看法是，教育的基本目標，應該不祇是職業技藝的訓練，而是應該提供一條途徑，使人類走向知識自由之路。他爲教育所下的定義，「乃是深思熟慮的、有組織的試探，去幫助人發展學習的才智。」據他的評斷，美國的各級學校，自昔至今，皆不够格——「全都是不人道、非人道、反人道的。」他又說，美國社會當前的目標是追求技術的進步，這也成了美國教育制度的目標。「如此，便是尊崇人力在人類之上；同時將人貶抑爲文化之奴僕的地位。」他又說，「社會越高度技術化，變化就越快；因此，特別的訓練就越容易落伍。按此邏輯而言，最實際的教育，反而正是最理論化的教育。」

郝欽斯指出，一般美國人都未能分辨出訓練與教育的區別。他特別指責目前流行的使用電子計算機的教學方式。他說，「將來說不定有一天，兒童從入小學到畢業，一直都看不到一位老師。」缺乏人與人之間接觸的教育，是反乎人性的。他强調，兒童的理解力，是無法由機械教導出來的。

爲了要改善這種「重訓練而輕教育」的趨勢，郝欽斯建議，美國的高等學府應分爲三種：一種是以研究實際問題爲中心的，「由科學家與學人們組合而成……他們可以達成政府部門所委託的任務。」第二類則是訓練學校，「專門訓練各種技術人員與企業人才。」第三類大學才是眞正的大學，「是使那些自願而且能够尋求純粹心靈生活，爲智慧而追求智慧的人們，」皆能安心立命的知識的聖堂。

這種「聖堂」並非僅爲極少數人而設。郝欽斯預言，正由於技術的進步，人類將有更多的閒暇時間。「到了廿一世紀，美國便將成爲一個學術性社會。」到那時，每個人受教育都不再僅是要求能鍥合於某一種制度裡面，而是使他眞正能够「發現人生的豐富內涵。」

要評斷郝欽斯的意見，區區實不够格，在我看，爲智慧而智慧的大學不宜多有，但亦不可不有。就以芝加哥大學爲例，中國學生裡就出過一位楊振寧博士，郝欽斯若以這類事實作他主張的註脚，那是很難駁倒的。

五十七年八月二十五日

智慧的銀行

美國學界的風潮，經過各方妥愼處理，如今已逐漸平靜下來。從當時學生的行動與口號中，可以看得出來在學生背後一定有職業性的「造反派」在暗中策劃。譬如說，學生們在反越戰、反徵兵之外更反對大學當局與「國防分析研究所」的合作，便一定是出於「高階層」的指示；這一着棋的影響，不下於反徵兵。

「國防分析研究所」，簡稱IDA，成立於一九五六年，是政府中的一個研究機構；不過，它主要的任務是在研究與分析各種武器系統的效能，政府可以透過這個研究所，得到各大學在人才與設備上的合作，由學者們對某一個特殊的問題提出研究報告。這些報告往往是討論未來的新武器，與目前已經使用之中的武器無關。

這個研究所現由擔任過參謀首長聯席會議主席的泰勒將軍主持，目前有專任的分析專家五百七十五人，在華府一座十一層的大厦中工作；另外還有五十位通訊專家，集中在普林斯敦大學的研究室裡，也是專任。

國防分析研究所眞正「利害」的地方，並不在其專任人員，而在與各大學裡教授學者們的合作。與這個研究所合作的大學，包括哥倫比亞、普林斯敦、密西根大學、麻州理工、加州理工、史丹佛大學、伊利諾大學、加州大學、賓州大學、土蘭大學、和西方準備大學等十一家，在理工方面都是第一流的。

美政府今年委託這個研究所去做的計劃，已經有一百件，研究費用一千四百餘萬元。這些計劃自然都是機密的，譬如有關彈道飛彈的準確性，地對空飛彈的指示系統如何改進，以及勝利女神愛克斯型的彈頭等。據說，該所近來也接受委託，去研究某些非軍事性的問題，像超音速民航機和都市發展之類的計劃。研究所等於是一個無形的「智慧銀行」，默默中替政府做了不少工作，替納稅人節省了許多金錢。

各大學教授與國防分析研究所的合作，都是出於責任心與榮譽感，而不是爲了金錢報酬。事實上，一年一千四百餘萬元的研究費用，在上述十一家大學也並不看做如何了不起的事。以哥倫比亞而言，並沒有一位教授是該所的專任人員，但却有三百位簽約，願任兼職的「顧問」，遇有

緊急問題，隨時負責處理。左傾學生們一定要把這種合作的關係吵翻，除了「孤立」政府的心戰作用之外，那就一定因爲這個組織對於美國的軍事努力的確是「有大用處的」的。

五十七年六月十二日

貪有、貪治、貪享

新嘉坡國（我老是記不得它已經是一個國了）的外交部長拉亞拉南十一月中旬在一次國際性的會議上發表演說，專講亞洲各國的貪污問題。他的演辭發表在新嘉坡政府辦的「明鏡」週刊上。此君詞鋒犀利，坦直敢言，單就這一篇演詞而論，使我覺得對於新興國家的青年政治人物，實在未可小覷。

這位部長說，在他看來，貪污的日益猖獗，乃是一個病態社會病象嚴重的警號；不但嚴重妨礙經濟的發展與成長，而且勢必引起政治上的不安和衝突。他很不客氣地說，亞洲很多新興國家都是在二次大戰之後才告獨立，立國初期偶有貪污案件發生，大家都認爲此乃政治上的「幼稚病」，一定會糾正過來。可是，「二十年來，情形非但並未好轉，貪污之風反而有日益猖獗的趨勢」。

拉亞拉南說，在一個正常社會發生貪污事件，與一個貪污社會是截然不同的。所謂貪污社會，即大家見怪不怪，以貪墨爲常理，以清廉爲例多。貪污成了聚歛財富和擴大政治力量乃至於建立社會地位的惟一法門；一旦風氣形成，則貪貪相護，好人無法立足了。

爲此他還創了一個特別的字眼，他說，貪污罪行普遍化深入化之後，便成爲一個 Kleptocracy；在醫學上，Kleptomania 一詞是「盜癖」之意。所以，拉亞拉南用的字似可譯爲「盜癖統治」（按：這個字在蘭燈大字典上也還沒有的）。他套用林肯總統「民有、民治、民享」的名言說，一旦貪污之風發展到「盜癖統治」階段，便會成爲一個「貪有、貪治、貪享的社會」(A society of the corrupt, by the corrupt, for the corrupt) 在這樣的社會裡，盛行着「人人照顧自己，上帝照顧大家」的心理，連廉介自持的人，最後也必同流合污，以求自保。

有些人——往往還是歐美著名大學裡出身的學者竟認爲——「貪污乃是亞洲的傳統，不必大驚小怪」；或又說，「貪污可以增進行政效率，對整個國家未始不是有好處的」。拉亞拉南力斥其非，他舉出歐美各工業國家爲例，它們在十八九世紀誠然也都有過貪污醜聞的發生，而仍能照樣能實施現代化。不過，如果沒有那些貪官污吏，它們現代化的過程一定更迅速、更順利，「我們無理由相信進步是要靠貪污來刺激的。」

拉亞拉南認爲，防治貪汚的有效之道，是要多多研究、多多揭發。不要怕「扒糞」，不要怕「家醜外揚」。

我們這兒近年來經濟繁榮進步，有目共覩，但是貪汚案件反而日見增多，顯然並非完全爲生活所迫。在我看，「笑貧不笑貪」的社會心理大有關係。處此工業化前期的時代，我們不妨歌頌財富，鼓勵生活水準的提高，但首先應該問問財富是從何處來的。嚴守住這一點義利之辨，則肅清貪汚仍然是可能的事。

五十七年十二月二十一日

郵政與書

書籍不僅是知識的傳播者。也是歷史的記錄者。任何一件重要的事情，任何一個重要的問題，皆「可以入書」的，而且也應該有書的。

最近看到日本出版界的一段資料，是一套關於郵政的書，其做法與內容，似乎都頗值得介紹。

今年是一九六八年，去今一百年之前的一八六八年，在日本是明治維新發動的一年，那一年，討平了當權的德川慶喜，將江戶改名爲東京，並且頒佈了所謂「萬機親裁」的詔令，許多興革皆在這一年開始推動。政府中開始設立「郵政省」；所以，日本之有郵政到今年算是一百年了，今年他們出版了「郵政百年史資料」這套大書，作爲一種紀念。其中包括很多珍貴的材料，都還是第一次公諸於世。

這套「郵政百年史資料」，由郵政省主編，性質上自屬官書。不過，出版事宜則委由民間去辦，出版者是東京吉川弘文舘。這種由政府機構與民間出版事業合作的方式，我們這兒偶或一見，但規模之大，擘劃之週，皆不足以與他們這套「資料」相比。

這套資料全部共卅卷，每卷平均約五百頁，定價由日幣一千三百圓到三千二百圓，視篇幅多少而有差。內容則包括百年來郵政、郵滙、郵政保險、電信、電話、電波等事業行政事務有關的重要公文書、史料文獻與圖片等。這些材料非僅研究日本近代史與經濟史的人有參考價值，一般有集郵癖好的人也可以從這些史料中獲得許多新的發現。卅卷中現已有五卷編印完成，正在預約期中。此處先錄其卷名，亦可略見全書的一斑：第九卷「驛遞志稿、驛遞局年報」，第十四卷「驛遞局類聚摘要錄」，第十五卷「郵便貯金經濟史觀」，第十七卷「簡易保險史資料」，第十八卷「簡易保險類纂，簡易保險官營論議」。

前些日子，我們的郵政總局舉辦過一次九十週年紀念的郵展，內容甚爲豐富，參觀的人很多。我們的郵政服務，近年頗有進步；看過那次郵展之後，更使大家對郵政事業的沿革與現況加深了認識。不過，當時我就有一個感想，這些寶貴的資料，如果只由郵政當局保存「孤本」而不能流傳，未免可惜。在偌大的會場中，我只看到一本書，那是英國人寫的一本「赫德傳」，赫德是任職於我國海關的客卿，對於早期郵政制度的奠立頗多建白。可是，我相信開拓郵政事業，草擬典章制度者，絕不止赫德一人。我們的郵政史料，如能加意整理編印出來，便亦斐然可觀，不會比日本的資料遜色的。

郵政事業與大衆生活關係至爲密切。郵政史料的保存、蒐集與整理，值得早日着手進行，不必一定要湊「百年」的熱鬧吧。

五十七年九月二十一日

【後記】我國郵政總局最近也出版了七部史性料的書，臺北近郊的「郵政博物館」收藏亦甚豐富，可供讀者參考。

俠道

在小說、戲劇和電影中，「武俠」成了一個特殊的分類，有它一套特殊的「風格」。

對於武俠體，我不但從來不稍存輕視之心，而且衷心喜愛。小時候避着大人讀小說，是從「濟公傳」、「彭公案」和「七俠五義」啓蒙的。後來才漸次昇格到「水滸傳」和「三國演義」。如果把水滸（短打）和三國（長靠）列爲我國正宗武俠小說的兩大典型的話，則我們的武俠體不但在小說戲劇中居於重要地位，甚至對於一般人的思想言行，乃至於社會的價值判斷，都具有深遠的影響力。直到今天，中國人在某些方面要表現「江湖義氣」時，常常是不外乎「桃園三結義」式的或者「梁山泊」式的。

「俠以武犯禁」，自韓非子以來便有這種譴責；但是，武俠之道有時能表現出慷慨輕生，蒼涼悲壯的氣概，其中是包蘊着無限活力的。換言之，武俠之可貴，除了金鐘罩、鐵布衫、飛簷走壁、踏雪無痕，「打通任督二脈」之外，必另有其精神上可貴的價值在。如果從社會功能的觀點去看，武俠體的作品如果把握住了武俠之爲武俠的正道，再加上技巧的琢磨，是不難發生「正風俗而振人心」的效果的。

可惜的是，我們今日所見之「武俠」，小說也好，電影也好，「忠義千秋」的典型固然絕跡，就是剛健義烈、有所不爲的性格描寫也很少見了。大家爭相在情節上、辭意上、兵器上、招數上乃至魔術般的技巧上去刻意求新，「武俠」的成份少而馬戲的成份多，精神狀態貧乏空虛，人物浮離於時代（古往今來的任何時代）之外，情節隔絕於社會（古今中外的任何社會）之外，所以，最多只能做到滿足讀者或觀衆的好奇心於一時，却無從引起大家强烈的愛憎，這恐怕是今之武俠體的致命傷。

我的批評或者十分外行，但我是因欣賞武俠體才覺得不吐不快的。今之武俠小說作者中亦頗有手筆不俗的人才，如果能在俠道上多化些心思，而不僅在「奇技淫巧」上變花樣，武俠小說是可以開闢坦途的。至於電影，那是另一問題，應該另案辦理。

五十七年四月十九日

劍道與人道

電影攝製的技術越來越進步，電影的內容與題材却越來越貧乏。這種退潮現象，似乎也是國際性的。中國片也好，外國片也好，看過之後能令人有「値回票價」之感者不多，更不必說動人心脾，淪肌浹髓了。

最近幾年來所謂「武俠片」盛行一時，大得其道，武俠片在好萊塢便是「西部武打」。武俠也好，武打也好，如果眞有好劇本、好導演、好演員，照樣可以拍得出第一流佳作來的。「日正當中」寄意何等深遠，「龍虎干戈」描摹人性的衝突何等深刻，「宮本武藏」的「劍道卽人道」又是何等的富於教育意義！佳片如好書，看過之後仍是回味無窮的。

然而，目前所能看到的武俠片，武固武矣，俠則根本談不上。銀幕上出現的角色，若不是武裝化了的邪痞，就是化石狀態的太保，魯莽滅裂，衝動殘忍則有餘，俠骨仁心，純厚悲憫則看不到。這一類的影片，無論是國產也好，舶來也好，都不足當「武俠」的美名。照這些影片裡的情節作爲，正如黃天霸在「連環套」中的慷慨陳詞，「你稱得甚麼英雄，道得甚麼俠義啊?!」

近時這類影片，惟一特色是以「動作」見長；但亦正是其所短。劇中往往有不分青紅皂白的格殺打撲，而且一定要殺殺砍砍，「血流成渠」，令人看得來作嘔才罷。幾個月前看過一部義大利片，兩家尋仇，一家把另一家包圍起來，四面縱火，裡面逃出一個，外面的一羣槍手就轟擊一番，雖婦孺亦所不免，每一個死者都是痛苦萬狀，鮮血滿身，不曉得這算甚麼「格調」？後來又看了一部「賣了幾百萬元」的國產武俠片，凡寫到敵對雙方交鋒時，亦必用特寫鏡頭來渲染鮮血淋淋的鏡頭。有人說，這部片子的觀衆花錢買票入場，會發現大概平均每五角錢銀幕上就殺一個人。

如果此之謂「武俠」，如果此之謂「第八藝術」，我覺得我們還是回到蠻荒時代——或至少沒有電影的時代去，要比看這種「藝術品」愉快得多。

對於這些「倡導殺風」反人道也反文化的影片，主管當局不應坐視。

五十七年四月二十五日

電影與書

國產武俠片的刀光血影，招致社會各方的批評與指責，由此而引來了一次座談，四大「確信」。雖然，目前我們尚不能十分確信這四大「確信」眞能着手回春，立卽挽救電影界的病態，但相信——至少主觀上樂於如此相信，這是電影界走上坦途的轉捩點。

由於最近關於影業的討論，使我發現了一個現象，很值得我們注意；我們的影業近年來由無至有，由少變多，發展相當迅速。可是，到現在爲止，社會上把電影當做娛樂事業和教育事業而予以重視者，固然很多，但却很少有人把它當作一種專門的學問。擧例來說，我們在書店走走，簡直找不到甚麼與電影有關的學術性著述。這也無異於說，我們的電影事業之背後，並沒有得到學術界知識界的全力支持，猶之乎無源之水，難望有浩浩蕩蕩的遠大前程。

任何一種事業，從建立到發展，中間必然會遭遇困難。會面臨問題。而克服困難，解決問題最有效的途徑，便是借重專門的學識，參考旣往的經驗。所以，在文明社會中，任何一個行業都有它本行所奉爲金科玉律的專書。我們的電影事業在表面上很發達，但在「電影學」方面却幾乎是一張白紙。這種輕視學術，輕視知識的態度，也許正是我們電影界在「量」的發展之外，始終不能達到「質」的提高之根本原因。我們拍攝不出第一流的影片，是因爲我們缺乏第一流的知識與品味。

我此處所說的學識，並不僅限於博士、碩士的學位。我所謂的書，也不僅限於可供改成電影劇本的著作。我認爲，電影旣已發達到今天這種地步，足以影響到這麼多人的行爲與思想，電影學自然應能成爲一種獨立的學問，有關電影學的著述，從理論到實踐，從原理到技巧，應該源源出籠。老實說，今天電影界中不僅新進的演員職員，需要進修，就是某些位老闆階級，除了「票房紀錄」之外，對於電影的瞭解也十分可憐，我相信，他們爲了自己的事業，爲了電影的前途，未嘗不樂於進一步去研究，這正是「確信」中的第三條，「我們確信，電影事業是一種現代企業化的工業，也是一種綜合性的藝術，必須吸收新知，力求改進……」希望這種話能夠見諸具體行動，而非只是一場空談。

幾家財力雄厚的電影公司都有自辦的出版品，但內容什九是明星起居注，與學問和新知無關。希望他們能够率先倡導，或者在同業公會的主持之下，像我們「新聞記者公會」出的新聞叢書一樣，出版一些有關電影學的專著，編製一些有關的統計和資料，不但可大有助於電影事業的進步與發展，就是我們這些外行人也可以藉了讀書而「知其所以然」了。

五十七年七月十六日

（後記）此文發表後不久，中國電影文學出版社出版了一套有關電影藝術的書，值得參考。

最長的影片

電影在現代生活中的重要性，大家都有瞭解；但是電影應該走甚麼路子，各方意見頗有異同。自由國家的片子，我們這兒大都可以看到，且不去談；鐵幕中的蘇俄最近完成了幾部大片，向國外「推出」，相當惹人注目。

最引起談論的，便是託爾斯泰的「戰爭與和平」再度攝入銀幕。這部俄製影片的成本是一億美元，攝製時間費了五年，片中女主角莎夫露葉娃(Ludmila Savelyeva)對人說，這部片子把她都拍「老」了。

「戰爭與和平」在一九五六年已由好萊塢搬上過銀幕，是由當時尚是夫婦的奧德莉・赫本與米爾・法拉主演的，另一男星是亨利・方達，曾經到我們這兒上演過。現在蘇俄所拍的這一部，情節與那一部大體相同，不過較爲詳細；毛片經多方剪輯後，放映時間仍需六小時十二分鐘，因而號稱有史以來「最長的」電影。在俄國境內上演時分爲四集，最近運美演出，則分爲上下兩集。

託翁原著是以帝俄抵抗拿破崙之戰爲背景，刻劃出當時貴族人物的兩種典型：一是軍人型的安德烈王子，一是帶有宗教徒氣質的彼挨爾。再由他們與貴族之女娜塔霞的悲歡離合爲導線，引出了帝俄社會生活的全貌，或用託翁自己的話：歷史之流。

俄國版的「戰爭與和平」電影，沒有能把握到——更也許是故意不肯去反映——託翁原著的基本精神。影片中本末倒置，把重點放在「戰爭」上，砲聲隆隆，萬馬奔騰，「交戰」雙方所需兵員，全由蘇俄政府調派部隊參加演出，單是這一類「臨時演員」便有十二萬人，照俄軍編制將近十個師。電影在蘇俄都是「國營」事業，此亦不足爲異。

此片的導演是鮑達丘克（Sergei Bondarchuk），他並兼演了彼挨爾那一角色。據美國影評人的意見，他把握住了鋪陳「大場面」的要點，但嫌深度不够，而且男女演員並沒有能刻劃出人物的性格，彩色與剪輯也顯得雜亂無章，「像煞是外行人玩票」。一億美元玩票，未免太貴了。

託翁的另一部傑作「安娜·卡列尼娜」，也由俄國人重拍，上個月在東京上演。這部片子過去曾由已去世的費雯麗主演過，費雯麗的「靈氣」世所罕見，她的成就是不容易超越的。

俄片的好壞並非本文談論的要點，但他們能動腦筋化氣力，從本國的古典文學傑作中找題材拍電影，而不再死啃其馬列八股，總算是窮中求變了；把這些材料介紹出來，讓熱心於「武打」的朋友參考參考，或不是全無意義的事吧？

五十七年五月二十四日

影視合作

最近幾個月來，新聞界與民意代表們發表了很多義正辭嚴的主張，敦促政府有關當局，對於所謂「武俠片」的胡殺濫砍，一片血腥，應該採取適當的措施。傳聞香港的觀衆，更因不滿某一部「武俠片」的粗製濫造，當場演出了「怒砸銀幕」的鬧劇。此等觀衆固然亦未免太「武」，但部們的「武俠片」之不得人心，於此可見一斑。

一談到由政府來「採取措施」，便會想到「剪」與「禁」。然而這兩種手段，只能說是不得已的「壯士斷腕」，並非積極性的正本清源。在剪與禁之外，還應該同時鼓勵好片出頭；我所說的「出頭」，並不限於明令嘉獎、或者頒給這個獎那個獎，而是要幫助好的片子開拓市場，取得觀衆的認識與信心。

目前，電影界有一種苦悶，即某些高水準的影片，「叫好不叫座」；票房紀錄是最冷酷的，劇院方面血本悠關，不叫座當然就要「忍痛下片」。結果是「市況」與「輿情」分道揚鑣。「衆人皆曰可」的國片，往往反而是驚鴻一瞥，就此永不回頭，趕也趕不上了。

因此，我覺得外國的電視與電影合作的方式。似乎值得一試。本來電視以娛樂爲主，電視劇從編劇、導演、到演員，常有借重電影界人才的現象，即以臺灣而論，影與視之間的界限並不分明，也可以說他們早已合作得很好了。我此處的所謂合作，乃是指由電視方面選購某些眞正好的國片，在節目中放映。像美國三大電視公司的「夜間節目」或「深夜節目」(Late late show)。放映過時名片，也頗受歡迎，像「十誡」和「埃及豔后」等成交的價格一部片子都在三百萬美元之上。

電視的觀衆較國片的觀衆爲普及，如能不時放映國片（或假定在每週日的電視長片節目中，先行試辦），只要片子本身的確經得起考驗，就一定可以爭取到新的觀衆。大家逐漸對國片有了信心，觀感一新，然後「叫好」的片子也就必然「叫座」了。行之既久，必然可以扭轉風氣，使製片人不敢粗製濫造，欺朦觀衆。愛惜羽毛的導演與演員，也就不屑於像目前這樣的「血肉模糊」了。

在我這外行人看來，影視合作，不失爲鼓勵好片出頭的辦法，技術上似乎沒有多少困難，而效果則是可以預卜的。近年來，有很多人因爲看電視而逐漸喜歡上了平劇，臺視用演出「穆柯寨」的精神，對國片的普及化盡一分倡導之力，也是很合情理的。這條路是否値得一試？是否應該與「剪」與「禁」齊頭並進？要請各方有關人士來考慮了。

五十七年六月十九日

其見者大

二十世紀是大衆傳播的時代。各種傳播工具，從報紙到廣播，從電影到電視，辦得好的話，的確能收「化民成俗」，「兼善天下」之效；辦得不好呢，那就貽害無窮，不知會發生甚麼後果了。

美國人民自經金恩與羅伯·甘迺迪的兩大血案之後，驚魂甫定，掀起了一陣反對暴力的高潮。電影與電視界因爲受到外界的批評較多，反應也最快。

哥倫比亞公司（CBS）總經理史丹敦博士（Frank Stanton）宣佈，該公司已召集各級主管、節目製作人、與劇作家集會商討具體的辦法，對於目前製作中的各種節目，儘量減少其强調暴烈鏡頭的部份。美國廣播公司（ABC）更進一步說，他們對於所有的劇本、毛片，以至已拍攝完成的作品，都要重加檢查，凡有「爲暴力而暴力」的情節，便一律自動停止播映。最大的國家廣播公司（NBC）則强調要加强執行既定政策與自我檢束的程序，以防止任何電視節目中對暴力的描敍與渲染。

由於這三大公司決策如此，於是有很多準備在今年秋季推出的新片，都在進行緊急的「外科手術」，剪除其中暴亂兇殘、血肉糢糊的部份，在已經宣佈要進「開刀房」的片子中，包括我們這兒以前放映過的「鐵腕明槍」，和目前上演中的「赴湯蹈火」。美國廣播公司的「大河谷」，是以暗殺案爲中心的一套長片，以前放映時極爲叫座，原定今秋重播，現在已決定不再播出了。好萊塢的反應更是熱烈，在影藝性的報紙上，登滿了明星、導演和製片家們自己掏腰包刊出的廣告，對銀幕上暴力流血的情節，表示抗議。大導演威廉·懷勒，製片人喬治·西萊，女明星莎莉·溫特斯，男明星傑克·李蒙等都參加在內。莎莉與傑克剛好是好萊塢「最有學識」的男女演員。他們這次的擧動，自不能與平日的「一言一笑，皆爲票房」相提並論。

美國電影製片協會會長范倫提（Jack Valenti）近曾致函詹森總統所指派的「暴力問題調查委員會」，保證電影界全力與政府合作，以戢兇風；並且說電影界卽建立一種自動的評判制度，對某些涉及暴烈鏡頭的影片，要予以適當的限制。范倫提畢竟不愧是追隨詹森總統多年，參預白宮機要的人物。他知道，在這樣一個重要的時機，他不僅要爲電影界的利益說話，更要爲社會與國家的長遠利益說話！

五十七年六月二十五日

不可忍之詩

對於某些令人實在莫測高深的詩，我盡量採取一種寬諒而隨和的態度。「凡關嗜好無爭辯」，好惡之間，不必強同。「詩」卽使「無理可喻」，他那份感情總應是眞摯的。詩如不可解，也許是他的工力稍差，也許是我的領悟不足。還是「欲辯已忘言」，各求其所安吧。

可是，最近美國出了兩本紙面本的詩選，一曰「具象主義選集」，惠德曼主編，燕子社出版，一五七頁，定價兩元。一曰「具象主義詩選」，威廉斯主編，「另有一功」社出版，三四二頁，定價二元九角五分。其中所選之詩，所講之理，「妙」到令人無法忍受。

所謂具象主義(Concretism)的運動，自一九五〇年代初葉同時興起於歐洲和巴西，最近才傳到美國。據說是「淵源有自」，一直可以上溯到史前時代的象形文字。具象主義者的「理論家」葛魯斯解釋說，這樣寫詩「其目的在使詩訴諸讀者的眼睛，一如其訴諸讀者的心靈。詩人將單字或字母分別並置在一頁上，詩的意義就自然而然從裡面跳躍出來了。」

這種解釋乍一看似頗有詩意，但事實則並不盡然。在這兩本選集中所選的詩，大部分是全無含義可言的。譬如有一位「詩人」薩洛揚，寫了一首題為 Blod 的詩，全詩只得一個字：Blod。此之謂詩，則天下無處非詩了。他的另一首詩，所費筆墨較多，但其「莫測高深」之處，與前者可謂異曲而同工。詩云——

W W W W
W W W W
……
W a W W
W a K W
W a K e
……
W a I W
W a I K

此等視覺上的錯落平衡，如何可稱爲詩，實在費解。不過，旣然外國已經有了這種「月亮」，說不定我們這兒不久之後也會有某些「强作解人」的好事之徒，用方塊文字來擺這種心神喪失式的「迷魂陣」。所以要斗膽預先在此說一句外行的話：「千萬別再糟塌詩這個字眼了。」

五十七年四月二十四日

何妨請他

楊傳廣要到韓國去當田徑教練的傳聞，近時成爲社會上一個熱門的話題。雖然大家的意見談到最後仍是「由他去罷」者居多，不過，有一種說不出口來的「悶氣」，則又人人都感覺得到。

其實，責備楊傳廣「辜負國恩」，亦大可不必。今日棲遲國外的人士裡面，有若干「道德文章」、聲勢地位更勝於楊傳廣的人，其決定行止進退的標準，並不比楊傳廣高明。

楊傳廣接受政府公費，爲期六年；但他畢竟爲中華民國贏得了世運會的銀牌和十項運動的「亞洲冠軍」，已經是「前無古人」。比起另外某些接受公私資助，學成不歸，不曾爲國家效一日之勞的人來，楊傳廣已經要算是「庸中佼佼」了，又何忍獨加責備？

至於聘請楊傳廣當教練的事，新聞報導並不完整，至少我們在還沒有聽到楊傳廣本人的說法之前，很難遽定其事之是非。就我這體育界外行人的看法，多花一點錢（譬如一千美元一個月）請他回來，是值得的，也是應該的。

這樣做，不是爲了楊傳廣個人，而是爲了整個體育活動的振興。老實說，近年來儘管「提倡體育」之說大盛，但一究事實，總不免給人一種「說大話，使小錢」的印象。從「重金禮聘」一位教練來表示我們政府與社會對體育的重視，有何不可？

有人說，楊傳廣「頭腦簡單，四肢發達」未必能做一個好教練。這話有部份是對的，因爲一個優秀的運動員未必就是一個優秀的教練。但是，楊傳廣還不止是一個優秀的運動員；他是十項全能全亞洲的紀錄保持者，而且，到目前爲止仍是六億多中國人裡這麼多年以來惟一曾經在世運會得亞軍的選手。他所見過的場面，他的「實戰」經驗，在訓練國家代表隊的場合特別顯得寶貴。這是他的「本錢」，憑這點本錢求善價而沽，也不能算甚麼「罪孽深重」。否則的話，國家長期科學發展委員會重價聘請「學人」回國，又如何自圓其說呢？學識如果可以賣錢，則楊傳廣那兩下子是可以值得那麼幾文銀子的。

又有人說，這話道理雖有，但是一千美元一個月畢竟太「辣」了一點。是又不然。我們現在臺北有各地邀請來的歌星舞星，唱唱各種「靡靡之音」，與文化、武化都嘸啥關係，但其收入據說是「每月一千美元」的四五倍。以此例彼，又怎能說楊傳廣的「玩藝兒」不值呢？

一個月花一千美元，四年才這麼一回，藉此以表明我們提倡體育重視體育的「決心」，豈不是很「便宜」的事嗎？

【後記】此文發表於五十七年六月二十七日，其時各方評論，似乎是指責楊傳廣者居多。隨後不久，政府延聘楊君返國，擔任我國世運田徑隊的教練。他回國以後受到了英雄式的歡迎。他本人的表現很好，不僅貢獻了他的知識與經驗，並且爲振興體育而發動了「一人一元運動」，在社會上尤其青年學生羣中掀起了熱烈的反響。雖然我對「一人一元」的下文不太樂觀，但重讀舊作，仍然覺得請楊君回國是對的。

五十七年六月二十七日

明星不可少

近來常聽到朋友們說，我們當前的體育政策有些不對勁，太注意捧「明星」了；要矯正這種作風，必須要大力提倡「全民體育」云云。這些高見，聽來「字正腔圓」，頗爲有理；但若仔細想想，似不無値得再加推敲之餘地。提倡體育而要泯沒明星的重要性，恐怕是不切實際的。

古今中外的體育活動，往往都含有比賽和競技的意味在內，儘管是「揖讓而升，退而飲」，但比賽之後總會有勝負，有了勝負之後便會產生明星。運動場上的明星，猶之乎疆場戰陣中的猛將，他的崛起與成名，毋寧是一極其自然之事。

人類愛好體育的原因之一，是由於好勝與好鬪原是人的本性。以運動場上的跑跑跳跳，代替了戰場上的鉦鼓殺伐，正是極高明的昇華。而且，運動場上的比賽，既有周密的規則，復有嚴格的裁判，乃是眞正的公平競爭。尺寸之內決勝負，分秒之間見高低，人世間多少英雄豪傑，唯有運動明星的成就，是可以這樣精確地「測度」出來的。運動明星之特別容易贏得羣衆狂熱的敬愛，便是因爲他的成就，是完全靠他自己的體力、技巧、智慧與毅力。在公正而公開的情況下得來的。從歷史意義言，九秒九跑完百公尺當然不及贏得一場戰爭來得重要；但是，贏得戰爭的英雄之中，「衛青不敗由天幸」者有之，「一將功成萬骨枯」者亦有之，分析其英雄氣質，也許反不足以與一位「打破人類體能極限」的運動明星相媲美。

在我看，英雄崇拜如果恰如其分，不能算是壞事，明星崇拜亦然。對於少數明星人物吹捧過度，固然不是良好的「政策」；但若一定要把明星與我輩不明之星等量齊觀，不給他特別的訓練與發展的機會，最後恐怕是明星固然沒有了，全民體育也熱鬧不起來了。

運動場上的明星，和古今名將、大詩人、大文豪、大藝術家同樣的可貴可敬。明星崇拜反映着一種「提高水準」的要求。全民體育是遠大而正確的目標；爲了要達成這個目標，培養各式各樣的運動明星仍是必經的階段。王貞治的全壘打，楊傳廣的撐竿跳，王毅軍的遙中紅心，姚卓然的勁射破門，都能在一刹那之間留給人難忘的回憶。他們這幾「筆」，固然不足以代表全部的體育活動；可是，如果沒有這些令人神往的紀錄，全民體育還有甚麼「可圈可點」之處呢？單是爲了讓我們手舞足蹈，狂喊高呼一番，運動明星也是不可少的。

五十七年七月七日

三民文庫已刊行書目 （五）

161.	水仙的獨白	胡品清著	散文
162.	希臘哲學史	李震著	哲學
163.	靈臺書簡	劉紹銘著	書簡
164.	春天是你們的	鍾梅音著	散文
165.	談文學	鄭騫等著	文學
166.	水仙辭	張秀亞著	散文
167.	德國文學散論	李魁賢著	新詩
168.	中國史學名著①②	錢穆著	歷史
169.	管艇書室學術論叢	顧翊群著	學術
170.	鐘	水晶著	散文
171.	旗有風集	漢客著	散文
172.	讀書與行路	彭歌著	散文
173.	南海遊踪	施翠峰著	遊記
174.	閑話閑話	洪炎秋著	文學
175.	迎頭趕上	陳立夫著	論文
176.	愛情力量及正義	王秀谷譯	哲學
177.	青年與學問	唐君毅著	哲學
178.	靜軒時論選集	賴景瑚著	時評
179.	青年的路向	鄭鴻志譯	心理
180.	雨窗下的書	繆天華著	小品文
181.	人性與心理	孟廣厚著	心理
182.	自信與自知	彭歌著	散文
183.	文藝與傳播	王鼎鈞著	散文
184.	人海聲光	張起鈞著	散文
185.	橫笛與豎琴的响午	蓉子著	新詩
186.	音樂創作散記	黃友棣著	音樂
187	芭琪的雕像	胡品清著	散文
188.	中國哲學與中國文化	成中英著	哲學
189.	舊金山的霧	謝冰瑩著	散文
190.	說中華民族之花果飄零	唐君毅著	散文
191.	詩經相同句及其影響	裴普賢著	文學
192.	科學眞理與人類價值	成中英著	邏輯
119.	回顧錄①②③④	鄒魯著	傳記
194.	藝術零縑	劉其偉著	藝術
195.	白馬非馬	林正弘著	邏輯
196.	書生天地	陳鼎環著	散文
197.	王陽明哲學	蔡仁厚著	哲學
198.	童山詩集	邱燮友著	新詩
199.	海外憶	李慕白著	散文
200.	致被放逐者	彭歌著	散文

三民文庫已刊行書目 (四)

121.	樂藝	劉其偉著	藝術
122.	烽火夕陽紅	易君左著	回憶錄
123.	哲學與文化	吳經熊著	哲學
124.	危機時代的中西文化	顧翊羣著	文化論集
125.	自然的樂章	盧克彰著	散文
126.	筆之會	彭歌著	散文
127.	現代小說論	周伯乃著	論述
128.	美學與語言	趙天儀著	哲學
129.	一個主婦看美國	林慰君著	散文
130.	蘭隨苑筆	鍾梅音著	散文
131.	異鄉偶書①②	何秀煌 王劍芬 著	散文
132.	詩心	黃永武著	文學
133.	近代人和事	吳相湘著	歷史
134.	白萩詩選	白萩著	新詩
135.	哲學三慧	方東美著	哲學
136.	綠窗寄語	謝冰瑩著	書信
137.	淺人淺言	洪炎秋著	散文
138.	危機時代國際貨幣金融論衡	顧翊羣著	經濟
139.	家庭法律問題叢談	董世芳著	法律
140.	書的光華	彭歌著	散文
141.	燈下	葉蟬貞著	散文
142.	民國人和事	吳相湘著	歷史
143.	詞箋	張夢機著	文學
144.	生命的光輝	謝冰瑩著	散文
145.	斯坦貝克攜犬旅行	舒吉譯	遊記
146.	現代文學的播種者	吳詠九著	文學
147.	琴窗詩鈔	陳敏華著	新詩
148.	大衆傳播短簡	石永貴著	論述
149.	那兩顆心	林雪著	散文
150.	三生有幸	吳相湘著	傳記
151.	我及其他	劉枋著	散文
152.	現代詩散論	白萩著	新詩
153.	南海隨筆	梁容若著	散文
154.	論人	張肇祺著	文化哲學
155.	孤軍苦鬪記	毛振翔著	傳記
156.	回春詞	彭歌著	散文
157.	中西社會經濟論衡	顧翊羣著	經濟
158.	宗教哲學	錢永祥譯	哲學
159.	反抗者①②	劉俊餘譯	論述
160.	五經四書要旨	盧元駿著	文學

三民文庫已刊行書目（三）

81.	一樹紫花	葉蘋著	散文
82.	水晶夜	陳慧劍著	散文
83.	胡巡官的一天	金戈著	小說
84.	取者和予者	彭歌著	散文
85.	禪與老莊	吳怡著	哲學
86.	再見！秋水！	畢璞著	小說
87.	迦陵談詩①②	葉嘉瑩著	文學
88.	現代詩的欣賞①②	周伯乃著	文學
89.	兩張漫畫的啓示	耕心著	散文
90.	語小集	蕭冰著	散文
91.	社會調查與社會工作	龍冠海著	社會學
92.	勝利與還都	易君左著	回憶錄
93.	文學與藝術	趙滋蕃著	散文
94.	暢銷書	彭歌著	散文
95.	三國人物與故事	倪世槐著	歷史
96.	籠中讀秒	姚葳著	故事
97.	思想方法	秀河著	散文
98.	腓力浦的孩子	武陵溪著	時評傳記
99.	從香檳來的①②	彭歌著	小說
100.	從根救起	陳立夫著	論文
101.	文學欣賞的新途徑	李辰冬著	文學
102.	象形文字	陳冠學編著	文字學
103.	六甲之冬	沙岡著	小說
104.	歐氛隨侍記①②	王長寶著	日記
105.	西洋美術史①②	徐代德譯	藝術
106.	生命的學問	牟宗三著	哲學
107.	孟武續筆	薩孟武著	散文
108.	德國現代詩選	李魁賢譯	新詩
109.	祝善集	彭歌著	散文
110.	校園裡的椰子樹	鄭清文著	小說
111.	行與言	桂裕著	雜文
112.	吳淞夜渡	孟絲著	小說
113.	仙人掌	胡品清著	散文
114.	理想和現實	毛子水著	論述
115.	班會之死	碧竹著	小說
116.	二凉亭	吳樹廉著	小說
117.	六十自述	鄭通知著	傳記
118.	悲劇的誕生	李長俊譯	哲學
119.	一束稻草	吳怡著	散文
120.	德國詩選	李魁賢譯	新詩

三民文庫已刊行書目（二）

41. 寒花墜露	繆天華著	小品文
42. 中國歷代故事詩①②	邱燮友著	文學
43. 孟武隨筆	薩孟武著	散文
44. 西遊記與中國古代政治	薩孟武著	歷史論述
45. 應用書簡	姜超嶽著	書信
46. 談文論藝	趙滋蕃著	散文
47. 書中滋味	彭歌著	散文
48. 人間小品	趙滋蕃著	散文
49. 天國的夜市	余光中著	新詩
50. 大湖的兒女	易君左著	回憶錄
51. 黃霧	朱桂著	散文
52. 中國文化中與國法系	陳顧遠著	法制史
53. 火燒趙家樓	易君左著	回憶錄
54. 拋磚記	水晶著	散文
55. 風樓隨筆	鍾梅音著	散文
56. 那飄去的雲	張秀亞著	小說
57. 七月裡的新年	蕭綠石著	散文
58. 監察制度新發展	陶百川著	政論
59. 雪國	喬遷譯	小說
60. 我在利比亞	王琰如著	遊記
61. 綠色的年代	蕭綠石著	散文
62. 秀俠散文	祝秀俠著	散文
63. 雪地獵熊	段彩華著	小說
64. 弘一大師傳①②③	陳慧劍著	傳記
65. 留俄回憶錄	王覺源著	回憶錄
66. 愛晚亭	謝冰瑩著	小品文
67. 墨趣集	孫如陵著	散文
68. 蘆溝橋號角	易君左著	回憶錄
69. 遊記六篇	左舜生著	遊記
70. 世變建言	曾虛白著	時事論述
71. 藝術與愛情	張秀亞著	小說
72. 沒條理的人①②	譚振球譯	哲學
73. 中國文化叢談①②	錢穆著	文化論集
74. 紅紗燈	琦君著	散文
75. 青年的心聲	彭歌著	散文
76. 海濱	華羽著	小說
77. 僂門春秋	幼柏著	散文
78. 春到南天	葉曼著	散文
79. 默默遙情	趙滋蕃著	短篇小說
80. 屐痕心影	曾虛白著	散文

三民文庫已刊行書目 （一）

1. 鵝毛集	梁容若著	散文
2. 琦君小品	琦君著	散文
3. 我與文學	張秀亞著	散文
4. 兩地	林海音著	散文
5. 失去的影子	于吉著	小說
6. 海星	郭嗣汾著	小說
7. 作家印象記	謝冰瑩著	傳記
8. 知識論	何秀煌譯	哲學
9. 遯園雜憶	胡耐安著	傳記
10. 摘星文選	鍾梅音著	散文
11. 值得回憶的事	宋希尚著	傳記
12. 回國前後	陶百川著	日記
13. 語言的哲學	何秀煌譯	哲學
14. 回憶與感想	徐世大著	傳記
15. 楊肇嘉回憶錄 ①②	楊肇嘉著	傳記
16. 學生時代	薩孟武著	傳記
17. 印度文學欣賞	糜文開編著	文學
18. 水滸傳與中國社會	薩孟武著	歷史論述
19. 我在美蘇采風探眞	陶百川著	回憶錄
20. 美國對華政策視透	陶百川著	外論著交
21. 我生一抹	姜超嶽著	傳記
22. 科學的哲學	何秀煌譯	哲學
23. 我的回憶	謝冰瑩著	傳記
24. 天下大勢老實話	陶百川著	外交論著
25. 邏輯	何秀煌譯	哲學
26. 中年時代	薩孟武著	傳記
27. 吳鐵城回憶錄	吳鐵城著	傳記
28. 我祇追求一個圓	鍾梅音著	散文
29. 秋瑾革命傳	秋燦芝著	傳記
30. 七十自述	凌鴻勛著	傳記
31. 教育老兵談教育	洪炎秋著	教育論述
32. 珊瑚島	呼嘯著	小說
33. 老莊思想與西方哲學	宋稚青譯	哲學
34. 忙人閑話	洪炎秋著	散文
35. 莊子	陳冠學譯	哲學
36. 實用書簡	姜超嶽著	書信
37. 近代藝術革命	徐代德譯	藝術
38. 詩詞曲疊句欣賞研究	裴普賢著	文學
39. 夢與希望	鍾梅音著	散文
40. 夜讀雜記①②	何凡著	散文